나는 지금
휴혼
중입니다

* 이 도서의 국립중앙도서관 출판예정도서목록(CIP)은 서지정보유통지원시스템 홈페이지
(http://seoji.nl.go.kr)와 국가자료공동목록시스템(http://www.nl.go.kr/korisnet)에서
이용하실 수 있습니다.(CIP제어번호: CIP2018011677)

헤어지지 않기 위해
따로 살기로 한 우리

나는 지금
휴혼
중입니다

박시현 지음

은행나무

차 례

2013년 겨울, 결혼을 했다.
2014년 여름, 아이를 낳았다.
그리고 2017년 가을,
휴혼을 하다.

언젠가부터 남편과 함께 있는 시간이 불편했다. 저녁을 먹고
설거지를 한 후, 하루의 끝자락을 느슨히 보내는 시간, 내가
가장 사랑하는 공간인 가로 2미터, 세로 1미터 원목 테이블에
앉아 글을 쓴다. 이 시간은 네 살 아이에게도 꿀맛이다. 〈꼬마
버스 타요〉를 볼 수 있기 때문이다.

삑삑삑―

현관문 비밀번호 누르는 소리가 들리는 순간, 나의 세계는
깨진다. 남편은 현관에 들어서고 나는 주섬주섬 자리에서
일어난다.

"왔어?"

"응."

남편 겉옷을 받고 몸시중을 드는 건 드라마에서나 나오는
이야기다. 남편은 옷 방으로 가고, 나는 다시 자리에 앉아서
노트북을 바라본다. 그러나 온 신경은 남편에게 쏠려 있다.
눈치를 주는 사람은 없는데 괜히 눈치를 본다. 아이 혼자
텔레비전을 보는 것을 두고 남편은 "아이를 방치한다"라고
말하곤 했다. 그러면서도 남편과 나 둘이서 무언가 할 때,
가령 밥을 먹으며 영화나 예능 프로그램을 볼 때면 아이에게
스마트폰 주는 것에 대해선 '방치'라는 단어를 쓰지 않았다.
남편은 언제나 내가 아이에게 주는 식단이 부실하다고 생각했다.
밑반찬, 국 종류는 반찬 가게에서 사다 먹는다. 잘하지 못하는
요리에 열을 내며 스트레스를 받는 바에, 그 수고를 반찬 가게에
돈과 맞바꾸는 것이 이득이었다. 맛도, 시간도, 영양도, 정신적인
측면도. 엄마가 해주는 반찬보다, 사 먹는 반찬을 아이가 훨씬

잘 먹음에 아이가 밥 안 먹는 스트레스 역시 해소되었다. 동시에
엄마가 해주는 밥상이 아니라는 죄책감 역시 동반했다. 남편은
언제나 아이에게 "밥 먹었어?"라고 물어봤는데 그 질문은 마치
나 스스로 밥을 굶기는 엄마인 것처럼 느끼게 만들었다.
그러면서도 또, 우리 부부가 외식을 하며 술 한잔할 때면
아이의 밥상은 그 여느 때보다 부실했지만, 평소의 남편 특유의
예민함은 부재했다. 이러한 기준 모호가 내겐 '코에 걸면 코걸이,
귀에 걸면 귀걸이', '내로남불(내가 하면 로맨스, 남이 하면 불륜)'로
다가왔다.

　남편은 육아, 살림, 일 모든 면에서 꼼꼼하고 완벽하다. 아이를
출산했을 때 연차와 휴가를 모조리 끌어다 썼다. 아내와 아들을
보살피기 위해서였다. 매끼 미역국을 끓여냈고 아이 예방접종도
함께 갔다. '자체 육아휴직' 덕분에 남편은 그해 승진에서
미끄러졌다. 그럼에도 갓 태어난 아이와 함께 지낸 시간을 그
무엇과도 바꿀 수 없다고 말했다. 정상 출근을 한 후에도, 퇴근
후부터 새벽 1, 2시까지 남편이 육아를 교대해주었다. 덕분에
나는 토막잠을 청할 수 있었다. 알람 소리를 듣지 못해 남편과
교대를 하지 못한 바람에, 남편이 꼬박 밤새 아이를 돌보고

출근을 한 적도 두어 번 된다. 외출 시 아이 관련 용품을 무얼
챙겨야 하는지 모르는 여느 아빠와 달리, 남편은 척척이었다.
아이가 돌 즈음, 폐렴으로 갑작스레 병원에 입원을 한 적이 있다.
입원 준비를 하고 온 것이 아니라서 3박 4일 동안 병원에서 지낼
짐을 챙기러 집에 다녀와야 하는 상황이었다. 남편은 본인이
다녀올 테니 아이와 병원에 함께 있으라고 했다. 나와 아이의 3박
4일치의 짐을 남편 혼자 챙기는 것은 무리라 생각되었다. 그냥
내가 다녀오겠다고 고집을 부렸지만 지고 말았다. 다시 돌아온
남편의 두 손 가득한 짐을 히니히니 풀어헤쳐보았다. 그 후 니는
전적으로 남편을 믿게 되었는데, 내복, 외출복, 분유, 우유병,
기저귀, 거즈 수건, 로션 등 아이 물품은 물론이고, 이어폰, 읽다
만 책, 기초 화장품 3종, 면봉 등 나의 물품까지 제대로 가지고
온 것이다. 이어폰은 왜 가져왔느냐 물으니 "밤에 심심하면
영화 보라고"라는 대답을 듣곤 나보다 낫다고 생각했다. 남편의
가정적인 면은 날이 갈수록 빛을 발했고, 이제는 '칼 퇴근'을 하고
어린이집 부모 참여 수업을 함께하는 멋진 아빠다.

　여기까지 봤을 때 나는 복 받은 여자다. 남자가 가정을
돌보지 않는 것보다는 훨씬 나으니까. 여기가 딜레마의

구간이다. 살림이나 육아에 대해 아무것도 몰라서 모두 여자에게 맡기는 남자와 살림과 육아에 빠삭하기에 모자란 부분이 눈에 다 보이는 남자. 이 둘을 섞으면 가장 좋겠지만 언제나 우리는 한 가지 모드를 택해야 한다.

나 같은 경우, 남편이 이토록 가정적이기에 나의 역할은 언제나 남편의 기대에 미치지 못하는 듯했다. 남편은 "대체 아내로서, 엄마로서 당신이 하는 일이 뭐야?"라는 말을 자주 했다. 얼마 전 뉴스에서 본 "아내 혹은 엄마의 역할에 있어서 여성의 에너지는 한쪽으로 쏠릴 수밖에 없다"라는 기사를 보여줘봤자 돌아올 답은 뻔했다.

"당신은 둘 다 제대로 못하고 있잖아."

남편의 '헛소리'에 대고 격한 반박을 했지만 한쪽 구석에는 나 자신에 대한 의구심이 피어올랐다. 정말로 나는 직무 유기를 하고 있는가? 이후 나는 만나는 자리 어디에서든 성별, 나이를 막론하고 물어보는 습관이 생겼다.

"아내의 역할이 무엇이라 생각하세요?"

"아내로서의 역할을 잘하고 있다고 생각하세요?"

대부분 내 질문을 듣는 순간 미간을 찌푸린 채 잠깐의 공백을 필요로 했다. 뒤이어 "잘 모르겠는데", "나는 딱히 하는 게 없는 것 같은데"라는 대답에서부터 "아내로서의 역할이 뭔데요?"라고 오히려 되묻는 이들도 있었다. 하지만 나 역시 이 질문에 대한 답은 해주지 못했다. 이 질문의 근원인 남편에게서조차 명확한 답을 듣지 못했기 때문이다.

우리 집은 난장판이기보다 정리정돈이 잘 되어 있는 편이고, 설거지거리를 쌓아두는 게 싫어 식사 후 바로바로 설거지를 한다. 아이 저녁을 매일 차리고, 자기 전 책을 다섯 권 이상 읽어준다. 나와 아이의 동영상을 본 어린이집 원장 모임에서는 "애착 형성이 굉장히 잘 되어 있다"라는 피드백을 듣고, 아이는 누구나 사랑하고 누구에게나 사랑받는 밝은 아이로 잘 크고 있다. 이게 엄마 역할 아닌가? 도대체 남편이 바라는 '엄마 역할'의 표본은 무엇인가.

여기에 대한 답의 실마리는 한 작은 사건으로 깨닫게 되었다.

나와 아이의 점심 약속이 있던 어느 토요일. 우리 가족은 늦잠을 잤고 나는 부랴부랴 외출 준비를 했다. 약 1시간 30분 후 어차피 점심을 먹을 거였지만, 가는 길 혹시나 아이 배가 고플까 봐 우유에 시리얼을 주었다.

　그로부터 얼마 후 부부 싸움 중 남편이 소리쳤다.

　"아침부터 우유에 시리얼을 주는 게 엄마야?"

　우유에 시리얼을 준 게 엄마 자격 운운할 일인가? 더 억울한
것은 '우유에 시리얼'이 그날이 난생처음이었다는 사실이다.
남편의 그 한마디는 내게 중요한 지침이 되었다. 나는 생각했다.
남편의 견고한 '프레임', 언제나 나는 점수 미달인 아내이자
엄마일 것이라고. 급기야 남편의 존재 자체가 내게 부담이자
눈치로 다가왔다. 현관 비밀번호 누르는 소리에 나도 모르게
긴장하고 불안해지는 것. 한 공간에 있는 것이 불편한 것.

　어느 날 남편이 내게 말했다.

　"같이 웃고 있어도 마음이 허해."

　나는 여기에 아무런 대답도 하지 못했다. 나 역시 그랬기
때문이다.

집 안 분위기는 건조했다. 그러다가 한번 부딪히면 그날은
끝장이 났다. 처음에는 울거나 안기거나 짧은 언어로 말리던
아이 행동이 줄어들었다. 마치 자신의 개입이 아무 소용없다는
것을 깨달았다는 듯이. 마지막 부부 싸움이 생각난다. 아이는
자신의 침대에 누워 우리 부부를 쳐다보고 있었다. 안기지도,
울지도, 말리지도 않았다. 이야기가 한참 길어졌고, 아이가 너무
조용하다는 것을 깨닫고 우리 부부는 아이 쪽을 바라보았다.
아이는 그대로 잠이 들었다. 부모의 싸움에 적응한 듯한
아이의 모습은 상상 이상의 충격이었다. 우리 부부는 결정했다.
'합리적인 헤어짐'을.

부모의 역할은 지속하되, 아내와 남편의 역할과 의무에서는
잠깐 비켜나기로 했다. 그 말인즉슨 내게 경제적인 자립이
필요하다는 뜻이다. 내가 자리 잡을 3개월 동안 남편의 경제적인
지원을 받기로 했다. 그 3개월을 지나고 또 3개월이 지나고 있다.
돈도 '빽'도 없는 기혼 여성이자 아이 엄마가, 과연 3인 가구에서
1인 가구로의 독립이 가능할까? 각자 집에서 따로 살되 가족의
다양한 기능을 유지하는 '휴혼'이 가능할까? 별거와 휴혼의
차이는 무엇일까? 아이에게 정서적인 데미지를 최대한 주지 않기

위한 휴혼이, 과연 우리 부부의 바람대로 아이에게 작용할까?
휴혼 관계에서 아내와 남편의 존재는 어떤 의미일까? 양가
부모와의 관계는 어떻게 되는 것인가? 아이는 이 가정의 형태를
어떻게 이해하고 있을까? 그리고, 다른 사람들은 우리의 의도를
정확히 이해하고 있을까? 휴혼의 끝은 어디일까?

이 책은 서서히 휴혼의 실체에 다가가고 있는 대한민국
35세 여성의 이야기이다. 이 한 권의 책을 통해 휴혼에 대해
정의할 생각은 없다. 나조차 이 휴혼의 끝이 무엇인지 예측할
수 없다. 어제까지는 휴혼의 의미가 이랬다가, 오늘은 또 그
의미가 달라지는 것의 반복이다. 별거가 이혼의 전 단계라면,
휴혼은 재결합의 전 단계라고 생각했다. 학업을 잠시 쉬는
휴학처럼, 계속 그것을 이어가기 위한 연장선상의 일부라고
말이다. 남편은 이 기간을 짧게는 1년, 길게는 2년까지 본다고
했다. 나 역시 '좋은 관계를 회복하기 위한 단계'라는 믿음으로
결정한 일이었다. 나는 여전히 결혼반지를 끼고 있고, 매일
남편과 통화를 하며, 일에 있어서 어려움에 처하면 토로하기도
한다. '여보'라는 호칭은 그대로이며, 정서적 지지를 주고받는다.

봄맞이 가족 여행도 계획하고 있다. 하지만 양가 부모와의
교류는 끊어졌다. 내가 생각하는 이상적인 휴혼은 양가
부모와의 교류가 자연스럽다는 점에 있어서 아직 미완성이다.
그런데 날이 갈수록 '휴혼이 정말 재결합의 전 단계일까?'라는
의문이 든다. 관계가 온전히 회복된다면 꼭 한 집에 살아야만
하는 것일까, 라는 의구심이다. '관계 회복=한 집 거주'라는
등식만이 좋은 결과인 걸까? 재결합을 해야만 성공적인
휴혼이었다고 회상할 수 있는 것일까? 부모의 사이가 좋다면,
가족이 따로 떨어져 사는 것이 아이에겐 어떻게 다가갈까? 주거
형태인 '동거'보다 어쩌면 '관계'가 본질이 아닐까?

　이 책은 휴혼을 권하는 책이 아니다. 휴혼을 말리는 책도
아니다. 남편이 있지만 없기도 하고, 결혼은 했지만 결혼 상태는
아닌, 애매한 선상에 있는 '휴혼 일기'라고 하면 어떨. 매일
밤 아이 생각에 베갯잇을 눈물로 적실 줄 알았지만 아니었다.
독하고 절실하게 일을 찾을 줄 알았지만 그것도 아니었다. 모든
것이 내 예상과 빗나가는 것이 휴혼이다. 이 책을 통해 또 다른
결혼 형태를 엿보고, 사회의 기준 말고, 자신만의 결혼 형태에
대해 상상해보는 시간이 되었으면 한다.

1부

같이 살 수도, 이혼할 수도 없는

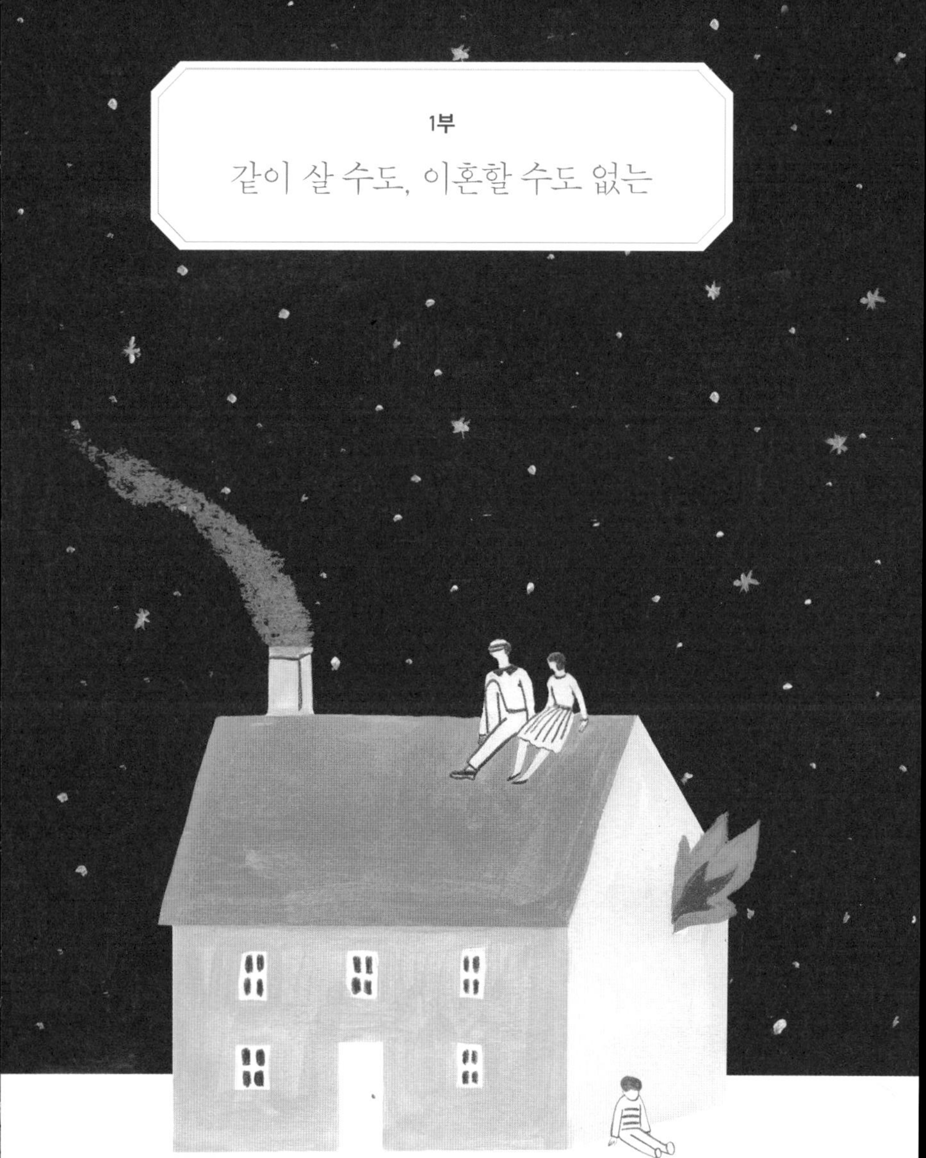

"
2017월 9월 3일
D-24
"

　남편이 집을 나갔다. "팔든지 말든지 마음대로 해"라며 결혼반지를 놔둔 채. 나와 내 실배기 아들을 두고 깊히 집을 나갔다는 따위의 배신감은 없었다. 절혼(絶混) 선언으로 받아들였다. 다음 날 점심을 먹은 후, 아들과 함께 고향인 부산으로 갔다. 나의 일정에 대해 시시콜콜 동의를 구하는 과정은 내 인생에서 이제, 생략 가능이다. 곧장 친정으로 가는 대신에 광안리로 향했다. 결혼을 두 달 앞두고 파혼한 친구와 조우하기 위해서이다. 절혼녀와 파혼녀의 만남이라니, 사뭇 비장하기까지 하다. 비 오는 오후 4시의 광안리 바다를 바라보며 우리는 조개를 구웠다. 소주와 맥주의 황금 비율을 논하던 대화는 이내 그 주제가 '결혼의 패악질'로 이어졌다.

어제 절혼을 한 내가 결혼을 미처 채 하지 못한 그녀에게 한 수 일러주어야 할 것 아닌가. '왕자와 공주는 결혼하여 행복하게 잘 살았답니다'로 서둘러 마무리하는 동화는, 결혼의 민낯에 대해 전혀 언급이 없다.

고등학교 2학년 때 부모님이 이혼을 했다. 친구들은 나를 보고 "부모님이 이혼한 애처럼 안 보여"라는 애매한 칭찬을 건네기도 했다. 우리 3남매는 아빠와 함께 살게 되었는데, 이로 말미암은 엄마의 부재는 입시 성적에 맞는 대학교 진학부터 전공 선택, 졸업 후 진로 결정, 취업, 상경, 되사, 결혼 등 인생의 크고 작은 과업들을 100퍼센트 나의 선택으로 살게끔 만들었다. 이러한 삶의 방식은 나를 단단하고 강하게 만들어주었고, 후회가 적은 인생을 살게 했다. 지식생태학자로 활동하는 유영만 교수는 나의 살아온 나날들에 대해 듣고는 "시현이는 담금질을 많이 해서 현명해졌다"라고 했는데, 사회에서의 나를 규정하던 어떠한 언어들도 결혼 생활에서는 통용되지 않았다. 이 세계는 내가 알던 세계와 완전히 다른 세계였다. 저쪽 세계에서의 '나'와 이쪽 세계에서의 '나'는, 다른 '나'를 필요로 했다.

임신 초, 심한 감기에 걸린 적이 있다. 약을 먹지 못하는

임산부라 내장이 튀어나올 것 같은 기침을 하며 견뎌야 했는데,
그때 남편이 레몬차를 끓여 내왔다. 임신과 출산 내내 식사는
남편 전담이었다. 혹여나 굶을까 봐 퇴근을 하고 와서는
계란말이며, 생선 구이며, 밑반찬을 만들어 냉장고에 넣어뒀다.
출산을 한 후에는 한 달 내내 미역국을 끓여냈다. 아이가
가벼운 기침을 할 때면 머리맡에 양파를 썰어서 놔둔다거나,
계란 노른자에 참기름 한 방울 떨어트리고 꿀을 타서 먹이기도
했다. 이 모든 것이 내게는 신기한 광경이었는데, 이 같은 그의
자싱힘은 모두 어머님에게서 물려받은 유산이있다. 오랜 기간
혼자 지내온 나는 결코 누려보지 못한 살뜰한 챙김. 그러나
그의 키워드인 '안정', '보살핌', '챙김'은 날이 갈수록 내게 '압박',
'구속', '억압'이라는 오류로 입력되었다.

　바닷가에서 친구의 빈 잔을 채워주며 나는 분개했다. "남편은
나한테 맨날 '여보, 구두 사야 돼', '여보, 비타민 떨어졌어'.
왜 그걸 일일이 나한테 얘길 하냐고?" 남편은 영양제 하나
챙겨주는 게 가족이고 사랑이라고 믿는다. 처음 몇 번은
의식적으로 해보려 했지만 천성은 어쩔 수 없나 보다. 남편은
내가 '아내'로서의 본분을 다하지 못한다 생각했고, 나는 본인이

필요한 건 본인이 가장 잘 아는데 왜 그걸 타인의 손을 빌리려 하는지 이해하지 못했다.

남편이 결혼반지를 뺀 그날, 불 좀 끄라는 남편의 고함은 현상일 뿐이었다. 본질은 따로 있었다. 며칠째 본인이 셔츠를 다림질하고 있다는 사실이 돌봄 받지 못한다는 느낌으로 다가갔을 것이고, 그 불만을 전등을 핑계로 폭발시켰을 것이다. 알면서도 보고 싶지 않았다. 아이가 있으니 서류는 그대로 두고 각자 알아서 살자는 말이 나왔다. 나쁘지 않은 제안 같아서 혹은 자존심에, 그러자 한 게 마지막 대화였다.

우리 부부는 지난 5년 동안 여행지에서 싸운 적이 단 한 번도 없다. '집'이 둘 사이에 끼기만 하면 긴장과 눈치의 연속이다. 집 안에서 함께 부대낀다는 것 자체가 속이 부대끼는 지경에 이르는 것이다. 한 공간에 있는 것이 불편했다. 차라리 집 없이 캠핑 생활을 하는 게 낫겠다 싶었다. 집 밖에만 나가면 사이가 좋으니까. 나에게 '아내'라는 역할을 부여하고 많은 일을 맡겨버리는 결혼 시스템을 이해할 수 없었다. 내가 입는 옷은 내가 깔끔하게 관리하듯, 남편이 입는 와이셔츠는 최소한 본인의 일 아닌가? 내가 남편 셔츠를 다림질하는 것은 '배려'이지,

'의무'가 아니다. 내가 강의 있는 날 내 구두를 닦아주거나 바지를
미리 드라이클리닝 맡기는 것을 남편에게 당연히 기대하지
않듯이, 서로의 역할에 대한 공정성은 보장되어야 한다. 결국 내게
남은 건, 결혼 시스템은 내게 맞지 않다는 특별하지도 않은
결론이었다.

　나는 휴혼을 꿈꾼다. 나의 집 남편 집이 따로 있되, 정서적이고
기능적인 관계는 부부의 그것과 같다. 각자 라이프 스타일에
맞는 삶의 형태를 보존하면서, 서로의 안부와 안녕을
궁금해하고, 공유하는 시간을 진정으로 반가워하는 삶. 부부
관계의 건강함이 근간이 되어야 할 것이다. 아이는 입맛대로
오늘은 엄마 집, 내일은 아빠 집, 모레는 다 같이, 선택하는
재미가 있지 않을까. 오늘 나의 코드는 엄마 집이 더 맞아,
이러면서 말이다. '이번 주말은 세 식구 모여 자기로 한 날'이
각자의 평일을 즐겁게 보낼 수 있는 원동력이 되었으면 좋겠다.
주말의 '소풍'을 기대하며. 물론, 이런 얘기를 입 밖으로 꺼낼 순
없다. 농담으로나마 하는 날엔 "역시 당신은 가족보다 본인이
먼저인 이기적인 여자야!"라고 할 게 뻔하니까. 긍정적인 에너지
순환을 위한 방법이 내겐 '따로 또 함께'라면, 남편에겐 '함께 또

함께'이다. 우리 둘 사이에 강제하고 있는 결혼이라는 프레임만 없다면. '아내'라는 구태의연한 감투만 없다면.

열흘 후, 집으로 돌아왔다. 여전히 남편과는 으르렁댔다. 도서관에 가서 결혼, 졸혼, 여자의 삶에 대한 책을 읽다 보니 어느덧 오후 6시다. 편의점에 가서 맥주나 마실 요량으로 서두르는데 갑자기 우박 같은 소나기가 쏟아진다. 얼마나 흘렀을까, 비가 그친 것도 모르고 하염없이 서 있었다는 걸 깨달았다. 하늘을 보니 거짓말처럼 커다란 원형 무지개가 걸려 있다. 아이처럼 자꾸만 무지개를 돌아보며 걷는데, 저 멀리서 낯익은 형체가 보인다. 남편이다. 헤어진 다음 날 회사에서 마주친 사내 커플처럼, 거리가 좁혀질수록 어색함에 몸이 단다. 마침내 남편이 내 앞에 섰다. 나도 모르게 손가락을 들어 무지개를 가리키며 말했다. "무지개. 봤어?" 남편은 고개를 들어 하늘을 보더니, 나만 알 수 있는 아주 옅은 미소를 지었다. 열흘간의 졸혼이 끝났다는 걸 직감적으로 깨달았다.

> ❝
> ## 내게 남은 건
> ## 34세, 기혼, 아기 엄마
> ❞

　휴혼의 계기는 사소했으며, 과정은 추악하고 괴롭고 참담했다. 함께 무지개를 본 날 우리는 술잔을 기울이며 '상대에게 바라는 점'을 써서 교환했다. 나는 다짐했다. 이걸 꼭 지키겠노라고. 하지만 결혼 생활 내내 우리를 괴롭혔던 가치관의 차이는 너무나 뾰족했다. '다짐'보다 강한 게 있다면, 그건 바로 '다름'이었다.

　얼마 후 우리는 경찰까지 출동한 부부 싸움을 했고, 서글픔에 몸서리치며 술에 절기도 했으며, '어떻게든 되겠지' 모든 걸 놓아버리는 상태에 이르기도 했다. '이혼 합의'를 넘어 '이혼 소송'이라는 극단적인 상황에 치닫고 나서야 휴혼이라는 쉼터에 안착할 수 있었다. 결혼의 또 다른 형태 이른바 요즘 말하는 졸혼, 휴혼, LAT(Living Apart Together)는 '정상적'이지 않기

때문에 그 과정에 잡음이 대단하다. "더 풍요로운 관계를 위해
우리 잠깐 떨어져 살까?"라는 제안에 "그거 참 좋은 생각이군!"
상대의 눈을 바라보며 자애로운 웃음을 짓는 것은 환상일
뿐이었다.

　나는 대형 증권사에서 7년을 근무하였고 1인 기업으로
세일즈도 했다. 현재는 강의를 하고 있다. 즉, 대학 졸업 후
꾸준히 일을 해온 여성이다. 그럼에도 불구하고 이혼 후의
생계는 막막함 그 자체였다. 막상 닥치면 어떻게든 살아지겠지만
실체 없는 두려움이 시도 때도 없이 나를 짓눌렀다. 홀로서기라는
과제 앞에 마주하니 나 자신이 너무나 나약하고 작아 보였다.
급기야 나는 '연탄 자살'을 검색했다.

　다른 가정의 아내는 어떻게 사는가 궁금했다. 주변 대부분의
기혼 여성들은 아이를 등원 혹은 등교시킨 후 자신의 일상을
영위하였다. 공부, 일, 운동, 배움 등 형태는 다양했다. 아이가
집에 돌아오는 시간부터 아이와 집안일에 집중했다. 퇴근을
한 남편이 집에 돌아왔을 때 돌아가는 세탁기 소리를 듣고서
"낮에 안 하고 뭐했대?"라는 반응 또한 대부분 겪은 경험이었다.
저녁식사를 하고 아이를 씻기고 내의를 갈아입힌 후 잠깐 갖는

휴식 시간, 책을 읽는다거나 글을 쓴다거나 블로그를 하는
여성들도 많았는데, 이 지점에서 남편과의 충돌이 잦았다.

"애를 재우고 할 일을 해."

하지만 이런 효율적인 방법을 취하지 않는 이유는, 아이를
재우면서 함께 잠들 것이 뻔하기 때문이다. 고작 몇 시간일
뿐인데도 아이의 엄청난 에너지를 감당하고 나면 녹초가
되어버린다. 이 시대의 3040은 전통적인 어머니상과 사회
진출을 하는 여성상 사이에 끼인 세대이다. 대부분 대학 졸업을
한 후 직장 생활을 했으며, 아이를 키우면서 경력 단절 여성이
된다. 학교에서는 '여성들의 지위가 높아진 시대', '여성들도 제약
없이 사회 활동을 하는 시대'라고 배웠고, 그런 줄 알고 자랐다.
젠더 의식이 어느 때보다 높아진 세대인데 결혼을 하고 아이를
낳으면서 모순적인 상황을 마주한다. 주도적인 여성, 적극적인
여성이 이 시대의 여성상이라 알고 있던 우리들은, '나'가
사라지는 결혼 생활에서 당혹감을 느낄 수밖에 없다.

결국 이 간극은 결혼 휴식으로 이어졌다. 가진 거라곤

몸뚱이 하나, 단돈 100만 원도 없이 홀로 시작이다. 홀로서기 첫
단계가 일자리겠지만 우선 미루어두었다. 어차피 망한 거라면
하고 싶은 거 하자 싶었다. 이혼 직전의 휴혼인지 재결합 직전의
휴혼인지, 그 성격 자체는 내게 중요치 않다. 삶이 내게 주는
'덤'인 시간이라 생각했다. 취업이라면, 특히 비정규직 취업이라면
언제든 할 수 있을 테니 마지막 보루로 남겨두기로 했다. 3인
가구에서 다시 1인 가구로, 아파트에서 원룸으로, SUV에서
경차로 돌아왔다. 절친한 친구는 이 대목에서 헛웃음을 터트렸다.

"서른네 살에 스물네 살 생활로 돌아왔네."

또한 생활비를 받아다 쓰는 객체에서 벌어야 하는 주체로
돌아왔다. 이 과정에서 과연 내가 홀로서기를 할 수 있을지,
어디까지 갈 수 있을지는 '잠깐 돌아온 그녀'인 나도 모른다.
표면적으로 봤을 때는 맨몸으로 집에서 쫓겨난 모양새다.
그래서인지 친구 몇몇은 내 앞에서 눈물을 보였다.
결혼과 자립. 상충하는 단어 같지만 상생되어야 하는
필요충분조건이다. 자립은 미혼, 비혼, 이혼, 졸혼뿐 아니라

결혼에서도 함께 가야 한다. 그래야만 독립된 개인으로서
존재할 수 있고, 그다음 단계가 무엇이든 도모할 수 있는
가능성이 그만큼 커진다. 결혼 생활에는 공유, 연대뿐 아니라
철저히 개인적인 사안 또한 존재한다. 나는 자립이 이루어지지
않았기 때문에 모든 것을 제로베이스에서 시작해야만 한다.
결혼 생활 동안 번 돈은 생활비나 외식비, 여행비로 나갔고,
따로 비상금을 저축해두지도 않았다. 덕분에 원룸 보증금은
친구에게 빌려야 했고, 당장 오늘내일의 생활비 걱정으로
있는 돈을 다 끌어모아야 했다. 딱 10년 전, 사회생활을 처음
시작하던 그때보다 훨씬 못한 조건이다. 현재 내게 없는 것은
또박또박 월급 주는 연봉 3500만 원짜리 직장과 신입 입사가
가능한 20대라는 나이이다. 내게 있는 것은 매달 나가야 할
대출금과 부양해야 할 아이이다. 어쨌든 독립은 이루어졌고
중대한 결정에 합의해준 남편에게 감사하다. 홀로서기, 나의
깜냥이 그만큼 되니, 또한 무언가 시작하기에 적당한 때가
되었으니 삶이 준 것이리라 믿는다. 단지 삶을 믿고, 삶에게
기대어, 삶이 흐르는 대로 가기로 했다.

"

반짝반짝
아침

"

　엄청난 부부 싸움 후의 2주는 번뇌의 반복이었다. 끊임없이 이혼을 요구하는 남편에게 나는 답을 미루었다. 대신 나는 부부 상담을 생각했다. 헤어질 때 헤어지더라도 서로 앙금을 털어내고 끝내자 싶었다. 부부의 연은 끊어질지라도 부모로서의 인연은 지속될 텐데, 악감정을 가진 채 헤어지면 그나마 남은 '부모' 역할도 엉망이 될 것 같았다. 부부 상담 예약일, 나만 상담소로 향했다. 우선 혼자 상담을 받아본 후 남편에게 권할 생각이었다. 약 1시간 30분의 상담이 끝나고 상담사는 상담 일지를 정리하며 말했다. "보통 상담할 때 감정이 복받쳐 눈물을 쏟는 경우가 대부분인데, 시현 씨는 굉장히 '드라이'하게 말을 하네요."

　늦은 밤 운전을 하며 남편에게 전화를 했다. 우리는 마지막

최선을 다한 것 같지 않다고, 사실 지금 부부 상담을 다녀오는 길이라고 전했다. 헤어질 때 헤어지더라도 '잘' 헤어지고 싶다고 고백했다. 본인은 미워하고 자시고의 단계는 이미 지났으니 그냥 집에서 나갈 건지 말 건지만 결정하라고 남편은 답했다. 분노, 배신에 휩싸인 나는 "그래, 그만하자"라고 소리쳤다. 그렇게 이혼이 결정되었더랬다. 결론이 나니 오히려 마음이 편했다. 하지만 번뇌의 꼬리는 이제 남편에게 옮겨간 듯 했다. 막상 내가 마음을 정하니 이젠 남편이 오락가락했다. 어제 이혼하자던 사람이, 오늘은 서류는 그대로 두지고 하고, 내일은 소송하겠다고 윽박질렀다. 어느 밤, 남편에게서 전화가 왔다.

"남이 뭐라고 하는 말은 아무 의미 없다. 우리만 생각하자. 우선 떨어져 살아보자."

결혼 방학이 시작되었다.

결혼 만 4년 만에 처음으로 동네 엄마들과 술을 마셨다. 동네 도서관 부모 교육 때 만난 같은 조 엄마 두 명. 그때부터 일곱 명의 엄마들과 2주에 한 번씩 부모 교육 스터디를 하고 있는데 같은 조 출신이어서 그런지 이 둘과 유독 유대감이 깊다. 술 한잔하고 싶은 날, 유일한 술친구였던 남편은 남이 될 판이고, 언제나처럼 혼자 마시기엔 적적하여 두 언니에게 슬쩍 메시지를 보냈다.

> 오늘 한잔하자고 하기엔 너무 갑자기일까요?

기다렸다는 듯 답이 온다.

> 정말 한잔하고 싶은 날이네요.
> 어쩜 저도 그 생각하고 있었어요.

이 아줌마들이 진짜.

급작스러운 '번개' 제안에 눈 깜짝할 새 회동은 이루어졌다. 심지어 한 명은 다음 날 병원 예약까지 취소하고 나온단다. 남편에게 아이들을 맡긴 두 엄마와 달리, 나는 아이를 대동하고 나서야 했다. 이런 나를 배려하여 놀이방이 있는 고깃집에서 만나기로 했다.

　남편과의 '정상적'인 관계에 처해 있다면 오늘의 밤마실은 기약이 없었을지 모른다. "오늘 동네 언니들이 한잔하자는데 가도 돼?" 눈치 보며 남편에게 묻는 상황이 싫어, 운동 센터 회식도, 소규모 모임도 단 한 번 참석하지 않았다. 대개 엄마들의 모임은 늦은 시각 이루어진다. 남편은 술자리에 '만' 가면 되지만, 아내의 술자리는 그에 합당한 대가를 치러야 한다. 아이 저녁밥상을 차리고, 씻기고, 잠자리를 봐주어야 비로소 현관문을 나설 수 있다. 그렇기에 대개 회식 시작은 밤 9시였다. 밤 9시. 내 가정에서는 상상할 수도 없는 시간이다. "뭐? 그 시간에 만나면 몇 시에 들어온다는 거야? 애는? 내일 내 출근은?" (애는 잘 것이고, 출근은 하면 된다. 내가 뭐 집에 안 들어오나?)

　반면 남편은 밤 9시에 나갈 수 있다. 심지어 나랑 한잔하다가 중간에 간 적도 있다. "진짜 미안해. 회사 형이 오라고 하잖아. 할 말이 있나 봐." 회사 동료라는데 어쩌겠나. 내가 어울리는 무리는 동료도, 동지도 아닌 '동네 아줌마'들이고, 할 말이래 봤자 그에게는 아줌마들 수다겠지. 어쩌다가 회동이 이루어졌다

해도 두 번째 만남은 더한 '치사한' 꼴을 당해야 할 것이다.

"그때 놀았잖아, 근데 또?"

　얼른 오라고 손짓하는 엄마들을 발견하고 자리에 앉았다. 돼지 생갈비 3인분을 굽고, '소맥'을 말았다. 한쪽 보조개가 쏙 들어가는 Y 언니가 말아준 소맥 비율이 환상적이다. 돼지갈비는 거의 다 먹어가고 소주병과 맥주병도 세 병을 넘어가고 있다. 추가로 시킨 돼지 껍데기만이 붉게 탄다. 열일곱 살 이후 처음 마주한 돼지 껍데기. 쌈장을 찍으려는데 맞은편 대각선에 앉은 H 언니가 내게 눈짓을 한다. "저거" 하며 가리키는 건 카레 가루. 좋아하지 않는 향의 향신료다. 기호에 맞지 않는 음식. 지점장과 처음 먹어본 콩국수에 거의 토할 뻔한 신입 사원의 내가 떠오른다. 권한 사람의 배려를 생각하여 카레 가루를 아주 살짝 묻힌다. 조심스레 맛을 보니, 어머, 괜찮다. 카레 가루를 한 번 더 묻히는 그때다.

"그거 알아요?"

Y 언니가 불쑥 묻는다.

"뭐요?"

"시현 씨 되게 반짝반짝 빛난다는 거요"

반짝반짝. 잠깐 그 의미를 맘껏 느껴본다. 고기 굽는 열기와
술기운에 제법 몽롱하다.

"반짝반짝한다는 것이 무슨 뜻이에요?"

"그게, 음. 반짝반짝해요. 내 표현이 너무 거지 같은데," 그녀는
기자 출신 작가다. "처음 봤을 때 시현 씨 눈빛, 강사 말을
듣는 시현 씨 눈빛, 오늘 힘든 일을 말할 때 시현 씨 눈빛, 본인
이야기를 할 때 시현 씨 눈빛. 다 되게 반짝반짝해요. 무슨 말인
줄 알겠어요?"

"화장 안 하고 이렇게 아무렇게나 와도요?"

"네, 그 자체로 너무 반짝반짝해요. 나는 오늘 시현 씨가
힘들다는 얘기했을 때도 저 눈빛을 가진 사람이라면
강하겠구나. 무슨 결론이 나더라도 흔들리지 않겠구나를
느꼈어요."

그녀는 겨우 나랑 네 번 봤다. 그것도 일주일에 2시간씩. 동네
도서관 프로그램에서 우연히 만난 같은 조. 그런 그녀가, 나를
잘 알지도 못하는 그녀가, 그런 그녀가 나에 대해 말한다.

“무슨 말인 줄 알겠어요?”라는 말에 냉큼 받아먹었다.

“대충 알겠어요.”

다음 날 아침, 이불속에 누워 멀뚱멀뚱 전날 대화를 곱씹어보았다. 은근한 불안함과 막막함이 기저에 깔려 있던 요 며칠이 새삼스럽다. 온몸 가득 반짝반짝이 꽉 찬 것 같았다. 두 다리 힘주어 일어섰다. 더불어 새벽 1시 넘어서 귀가했음에도 아무런 변명도, 사과도, 애교도 필요하지 않은 오늘 아침의 평안 또한 자각하였다.

"
보증금 100에
월세 28
"

  이혼 이야기를 꺼낸 남편이 처음 내게 한 경제적 제안은
이러했다. 약 800만 원의 현금과 3개월 동안의 대출금 및
공과금 지원, 그리고 자동차. 우리 부부는 모든 수입과 지출,
자산(이라고 할 것도 없지만) 현황을 공유했기 때문에 남편이
해줄 수 있는 최대한의 배려임을 알 수 있었다. 그 정도면 방
구하고 자리 잡는 데까지 충분할 것 같아서 받아들였다. 하지만
집을 나온 그날까지 내 수중에는 100만 원도 쥐어져 있지
않았다. 남편의 대출 한도가 꽉 찬 덕분에 더 이상의 대출이
불가했기 때문이다. 우리 부부는 저축액도 없었다. 일정 금액이
모이면 차를 바꾸고 여행을 가는 등 '내일'은 걱정하지 않고
살았다. 다 잘되겠지, 하는 근거 없는 긍정만이 있었을 뿐. 결국

보증금도 없이 방을 보러 다녀야 했다. 원래 800만 원을 받기로
했을 때도 보증금은 100만 원에서 200만 원 정도 최소한으로
잡았지만, 실제로 800만 원이 있는데 보증금 100만 원짜리 방을
보는 것과, 800만 원이 없는 상태에서 보는 것은 완전히 달랐다.

　직장 생활을 서울에서 7년여 정도 했다. 결혼 후 충북
진천으로 내려왔다. 서울의 느낌이 좁고 높고 각박했다면,
진천의 느낌은 넓고 낮고 여유로웠다. 충북 생활에서 얻은 것이
너무나 많았기에 충청권을 벗어나기 싫었다. 충청도를 벗어나는
순간 나는 또다시 경쟁과 소유의 손아귀에 잡힐 것만 같았다.
5년 동안의 충청도 생활은 나의 심신을 구석구석 청소해준
느낌이다. 넓은 하늘과 한가로운 분위기는 나의 숨통을 트이게
해주었다. '이웃'이라는 지역 공동체 또한 부모, 친구 하나 없는
낯선 고장에서 즐거움이자 에너지였다. 이곳에서 나는 글을
쓰기 시작했다. 또한 내게 일어나는 모든 일엔 이유가 있으며,
삶은 내게 가장 좋은 것을 주려는 거대한 에너지임을 깨달았다.
목표를 이루고자 아등바등 사는 삶에서 벗어나 삶의 흐름에
내맡기며 그 흐름에 몰입하는 나만의 철학을 세울 수 있었다.
이러한 나의 세계관을 담은 첫 책은 충북이 준 선물이었다. 나의

삶은 충북 귀촌 이전과 이후로 이루어졌다고 단언할 수 있다. 이러한 곳을 떠날 수밖에 없는 이유는, 역설적으로 '가족'이 여기에 있기 때문이다. 남편과 떨어져서 각자 삶을 영위하기.

서울이나 부산처럼 대도시라면 다른 동으로 이사 가면 그만이지만, 이곳은 이사 갈 동네가 없다. 게다가 일자리가 도시만큼 풍부하지 않다. 신기한 것은 방값이 서울보다 더 비쌌다. 진정한 독립이자 휴혼을 위해서 나는 이곳을 떠나야만 했다.

나의 새로운 거주지를 찾는 첫 번째 조건은 아이와의 거리였다. 보고 싶을 때는 언제든 볼 수 있는 거리여야 했는데 이를 최대 1시간으로 정했다. 최종 낙찰은 대전이었다. 결혼과 출산 후에도 프리랜서로 활동하고 있는 강사라는 나의 직업 상 우리나라 중간에 위치한 대전이 딱이었다. 기차와 버스가 있으니 사방팔방으로 강의를 다니기에 적합했다. 무엇보다 방값이 한몫했다. 보증금 100만 원부터 시작하는 원룸 월세를 처음 본 나는 깜짝 놀랐다. 그 매물을 친구에게 보여줬을 때 친구는 내게 되물었다. "보증금 1000만 원을 100만 원이라고 잘못 올린 거 아니야?"

이 미스터리는 부동산에 직접 갔을 때 진실이라는 것이
밝혀졌다. 최저 보증금 100만 원, 최대 보증금 200만 원,
최저 월세 20만 원, 최대 월세 30만 원으로 잡고 방 매물을
보기 시작했다. 처음 만난 부동산 중개인은 나보다 어린 20대
청년이었다. 삐쩍 마른 그는 아이를 대동하고 나타난 나를
보더니 당황해했다.

"전화 목소리로는 어린 여자분인 줄 알고 20대에 맞는 방으로
세팅해놨는데…… 아이가 있으니 제 플랜을 다 엎어야겠네요."

괜찮은 방으로만 보여주겠다는 그의 말이 무색하게 나는
방을 보면 볼수록 말수를 잃어갔다. 전혀 관리되지 않은
빌라 입구, 지은 지 30년은 넘어 보이는 삐걱대는 나무 문의
향연, 세면대가 없는 화장실. 그래, 이게 보증금 100만 원의
현실이구나. 이번에 리모델링을 싹 해서 상태가 A급이라는
방에 들어선 나는 "정말 깨끗하네요"라고 맞장구쳤다. 하지만
나는 계단을 반 층 내려간 상태였고 창문은 내 머리 위에 달려
있었다. 고개를 들어 창문을 바라보는 기분은 참 오묘했다.
단 한 번도 창문의 위치가 내 기분을 좌우하리라 생각한 적
없었다. 마지막으로 본 방은 좁지만 창문이 제 위치에 붙어

있었고 창문을 열었을 때 전경이 좋았다. 초등학교 뒤편에
위치하고 있어서 환경도 괜찮았다. 100만 원에 25만 원. 조금
누그러진 내 표정을 읽었는지 공인중개사가 내게 말한다.

"20대 여자분이었다면 안 좋은 거 몇 개 보여주고 마지막에
좋은 거 하나 보여 줬을 텐데, 아이가 있어서 괜찮은 걸로만
보여드렸어요." (20대 여자였다면 나는 과연 어떤 방을 마주해야
했을까?)

처음으로 방다운 방을 만난 나는 "괜찮네요"를 중얼거리며
화장실 문을 열었다. 이런! 신비스러운 옥색 빛의 세면대와
변기에는 누런 녹이 흘러내리고, 변기는 앉으면 깨질 것만
같은 상태였다. 아, 정녕 100만 원의 보증금에는 무언가 하나는
포기해야 하는 것인가. 쓰레기 더미인 입구를 지나치든지,
온몸을 구겨서 들어가야 하는 좁은 화장실이든지, 햇볕을 보는
것이 허락되지 않는 반지층이든지. "위치랑 상태가 좋아서 금방
금방 나가는 방이라, 주인아저씨가 화장실을 수리할 필요성을
못 느끼더라고요." 공인중개사는 멋쩍은 듯 친절한 중계를
해주었다. 그야말로 나는 카오스 상태로 나의 차로 돌아왔고,
공인중개사는 사무실로 안내할 필요를 못 느꼈는지 중간에

인사를 하곤 헤어졌다.

방의 컨디션은 월세와 상관관계가 있었다. 하지만 월세 30만
원 이상을 지불할 여력이 되지 않았다. 매달 나가는 대출금
50만 원과 각종 공과금만으로도 이미 고정 지출 70만~80만
원 예상이다. 딱 1년만 고생하고 더 좋은 집으로 옮기자는 나의
계획은 이미 아수라장이었다. '그냥 40만 원 방으로 가? 고작
10만 원 차인데 방 컨디션 차이가 너무 크잖아.'

스물여섯 살, 서울 자취방을 구할 때 현금 4000만 원이
있었다. 스물여덟 살, 대출 6000만 원을 받아서 9900만 원짜리
빌라를 샀다. 서른 살, 빌라는 전세를 주고 월 50만 원짜리
오피스텔로 이사를 갔다. 그리고 서른네 살 현재, 월 10만 원의
딜레마 앞에서 갈등하고 있다. 예전 엄마들은 아무리 부당한
대우를 받아도 경제적 능력이 되지 않아 꾹 참고 평생을
사셨다는데, 한 세대 내려온 나라고 별반 다르지 않다. '딴
주머니'가 무척이나 아쉬울 뿐. 아이 출산 축하금, 돌 때 받은
현금, 외할머니와 아버지가 주신 몇백만 원의 용돈, 묵혀 있던
보험과 펀드들. 왜 그것들을 죄다 내놓고 썼는지 후회한들 무슨
소용이랴. 남편 역시 자신이 번 돈을 이 가정생활에 몽땅 갖다

바쳤는데. 아무리 그래도 그렇지 수중에 몇백도 없는 현실이
개탄스럽기만 하다. 참담한 심정으로 다음 공인중개사를 찾았다.
사무실에 앉자마자 나도 모르게 넋두리를 했다. "방을 몇 개
봤는데 우울해지기만 했어요."

공인중개사 언니는 나를 이끌고 새로운 빌라촌으로 향했다.
그 동네는 좁고 가파른 골목길 대신 평지에 위치해 있었다.
거기서부터 기분이 나아졌다. 주차장도 '정식으로' 구비되어
있었고 1층 공동 현관문은 비밀번호를 입력해야만 들어갈
수 있었다. 밑바닥까지 추락한 인생이 다시 기어 올라오는
기분이었다. 현관문을 열자마자 마주하는 싱크대는 이미
익숙했다. 싱크대는 '하이그로시'로 깔끔하게 짜 맞춰져 있었고
심지어 중문도 있었으며 화장실은 깔끔했고 창고도 있었다.
방다운 방을 처음 본 나는 앞뒤 잴 거 없이 "이 방 할게요!"라고
소리쳤다. 200만 원에 35만 원. 내가 정한 상한선을 넘어선
금액이었지만 방에 들어올 때마다 우울해지는 것 대신 덜 쓰는
쪽을 선택하기로 했다. 단번에 계약서까지 쓰게 된 나는 퍼뜩
정신이 들었다. 월세 35만 원의 비슷한 조건으로 방을 더
둘러봐야 하는 것 아닌가?

그렇게 대전 방 투어는 이후 네 명의 공인중개사를 더 만나보고서야 종료되었다. 방을 보는 기준이 그제야 세워졌다. 일찍이 계약한 200만 원에 35만 원 방에 다시 방문했을 때 나는 이미 보았으면서 못 본 척했던 치명적인 단점을 인정해야만 했다. 창문을 열면 바로 옆 건물의 콘크리트 벽을 마주하는 것 말이다. 환기와 통풍이 되지 않는다는 이유로 계약을 파기했다. 최종적으로 계약한 방은 100만 원에 28만 원이었다. 주방과 방은 중문으로 분리되어 있었으며, 네모반듯한 모양이었고, 화장실 또한 '정상적'인 크기와 구조였다. 보증금 100만 원에 20만 원 월세를 구하면서 엄청난 시설을 원한 것도 아니었다. 단지 화장실에는 세면대가 붙어 있고 샤워할 때 사방 벽에 엉덩이가 부딪히지 않으면 되었다. 머리를 감기 위해 허리를 숙여야 할 때 그 공간이 변기통 위밖에 없다는 건 슬프지 않은가. 현관문 바로 앞에 주방이 위치한 건 상관없지만, 현관 타일에 서서 설거지를 해야 하는 건 곤란하다. 왜 우리나라 원룸 시공업자들은 사람을 난감하게 하는 구조로 집을 지어야만 했는가, 이 구조가 최상이었나에 대한 의문점만 남은 투어였다. 계약한 방은 모든 것이 제자리에 붙어 있지만, 방 크기가 작았다. 하지만 10평은 되어 보이는 다락방 덕분에 단점이 상쇄되었다. 이날 저녁, 친구는 나에게 치킨을 샀다. 우울해하지 말라며. 적당한 방을 구했다는 내 말에 "100만 원짜리 방이 방이겠는가" 한숨을 쉬던 친구였다. 아니, 이봐 친구. 나 다락방 딸린 방 가진 여자야, 왜 이래?

> 66
> **결혼-χ**
> **=?**
> 99

   거의 실시간으로 나의 상황을 공유하는 친구가 몇몇 있는데 Y와 K가 그렇다. 둘 다 강사 친구로 강의 프로그램을 함께 기획하거나 같은 프로그램에 배정되는 경우가 많아 일과 우정을 공유하는 관계이다. Y는 결혼을 하지 않았고, K는 결혼을 하였지만 아직 아이가 태어나기 전이다. 최종적으로 휴혼을 선택하기 이전, 우리 부부는 이혼을 협의했었다. 이 소식을 전했을 때 K는 Y에게 울면서 말했다고 한다. "그럼 '꽃사슴(내 아이의 애칭)'은요? 시현 강사님은 엄마 아빠가 싸우는 모습을 꽃사슴한테 보여주기 싫다는 이유를 대는데, 꽃사슴 의견은요? 꽃사슴한테 물어봤대요?"

이 한마디가 내게 꽂혀서 우리는 최선을 다한 것 같지 않으니,
마지막 단계로 부부 상담을 받자고 남편을 설득한 계기가 되었다.
남편의 거절로 부부 상담은 이루어지지 않았지만 '이혼은 언제든
할 수 있으니 우선 떨어져 지내보자'라는 나의 입장이 확고해진
시점이다. 갈피를 잡지 못한 채 하루가 멀다 하고 말이 바뀌는
남편 모습을 내 곁에서 지켜본 그녀들이었다.

거의 3주에 걸친 공방 끝에 내가 집에서 나가고, 시부모님이
남편과 합가하여 아이를 돌보는 것으로 결정 났다. 물론 이것도
중간에 몇 번 뒤집히긴 했지만 최종적으로 이러한 합의대로
실현되었다. 아이는 언제든 만나거나 데리고 있을 수 있으며,
이혼은 생각하지 말고 따로 살아볼 것. 각자 삶에 도움을 줄
수 있는 만큼 노력하고, 서로 이성 문제는 만들지 말 것. 떨어져
있는 동안 상대방에 대한 가치를 다시 한 번 생각하는 시간으로
보낼 것. 이 합의가 이루어진 날, 남편과 나는 맥주를 마셨다.

Y는 이런 상황을 의아해했다. 불과 전날까지 소송한다, 죽는다,
전쟁을 치르던 두 사람이 하루 만에 맥주를 함께 마시니
말이다. 그 주 토요일엔 아들과 축구를 하러 나갔던 남편이
초밥을 사준다고 나오라고 했다. 약속 시간에 맞춰 새로 오픈한

초밥집으로 향했고, 우리는 손님들 중에 가장 높은 접시 탑을
쌓았다. 함께 밥을 먹었다는 소식을 들은 Y는 나를 타박했다.
"초밥 사준다고 그걸 또 쫓아 나가냐?" 나는 뭐가 문제냐는 듯
답했다. "원래 부부 사이란 이렇게 미묘한 거야."

추후 K와도 '초밥 사건'을 이야기할 기회가 있었는데, 여전히
이해하지 못하는 Y와 달리 K는 이해한다는 입장이었다. Y는
중얼거렸다. "이게 미혼과 기혼의 차이인가?"

부부 관계는 예측할 수 없다. 부부 싸움을 한 친구에게 친구
남편 욕을 대차게 하면 곤란하다. 며칠 후 다정하고 사이좋은
관계로 돌아올 가능성이 높기 때문이다. 가정 폭력 가정의
단골 멘트는 이렇다. "때릴 때 빼고는 참 다정한 남자라……"
이해할 수 없는 관계가 타인의 부부 관계다. 부부 관계를 칼로
무 자르듯 하지 못하는 까닭은 둘 사이에 수많은 배경과 사연,
복잡 미묘한 감정, 즉 역사가 얽혀 있기 때문이다. 사실 나는
이혼 이야기가 나오고 그것이 기정사실화되었을 때도 끊임없이
다짐했다. 꼭 돈 많이 벌어서 남편에게 보내주겠다고. 나의 결심을
들은 친구는 기함을 하며 소리쳤다. "너 살 궁리만 해!"

그동안 남편은 번 돈을 모두 가정을 위해서 바쳤다. 자신을

위한 소비는 고작 자동차 광택제 혹은 탈모 방지제 정도였다.
출장비도, 야근비도, 주말 수당도 꼬박꼬박 꺼내놓았다. 언제나
우리 가족을 위해 더 해주지 못하는 것을 아쉬워했기에 주머니
푼돈까지 탈탈 털어놓는 그였다. 주 5일 동안 하루 종일 일해도
자신의 손에 쥘 수 있는 돈은 없었다. 그렇게 5년을 살았다.
게다가 그는 나의 결혼 전 대출금을 매달 50만 원씩 4년
동안이나 갚았다. 이것만 계산해도 나는 남편에게 갚아야 할
돈이 많은 셈이다. "다 알고 결혼했고, 그의 선택이었잖아"라고
말하는 친구들의 말도 틀리진 않지만, 이건 도의적인 문제다.
이혼 이야기가 나오면서 심장을 도끼로 찍어대는 듯한 비수를
서로 꽂아댔지만 기본적으로 깔려 있는 건 상대에 대한
마음이었다. 남편은 잠깐 휴전 상태일 때 내게 그랬다.

"나한테 1억이 있으면 당신에게 1억을 주고 싶고, 2억이 있으면
1억을 주고 싶고, 3억이 있으면 2억을 주고 싶은 게 나의 마음이야"

나는 그의 아내였기에 이 말이 그의 진심이라는 것을 온전히
느낄 수 있었다. (내 친구는 이 이야기를 듣곤 깔깔댔지만 말이다.
'왜 2억부터는 다 안 주는 건데?') 이혼하는 마당에도 나 또한
비합리적인 선택을 내린 적이 있다. 만약 이 시점에 남편이

교통사고가 나서 누군가의 목숨을 필요로 한다면, 나는 기꺼이
나의 목숨을 내줄 수 있다는 감정에 사로잡힌 것이다. 모두
'만약에'라는 상상물의 결과일 뿐이지만 서로의 결정은 마음
깊숙한 곳에서부터 올라오는 진실임을 나는 안다. 서로를
원망하고 미워하면서도 또 서로를 생각하고 위하는 마음이
공존하는, 정말 이해할 수 없는 관계가 부부이다. 이러한 감정의
찌꺼기가 남아 있지 않으면 비로소 남이 된다.

　　대전 방을 구한 날 밤, Y와 K를 만났다. 치킨을 앞에 두고
이혼이 잠정 보류됐음을 전했다. 더불어 우리 부부의 합의점에
대해 설명했다. Y는 물었다.

　　"그러면 이성친구가 생기면 어떻게 되는 거야?"

　　"그러니까, 따로 떨어져 살지만 부부의 관계는 유지하는 거야.
기능적, 정서적인 관계 말이야."

　　아, 이번엔 둘 다 이해하지 못하는 표정이다. 각자의 집이
있되 부부 관계는 유지하는 것. 이것이 그렇게 이해하기 어려운
개념인가? 요리 잡지 편집장인 친구는 내 이야기를 듣자마자
"이것도 결혼의 또 다른 형태일 수 있다"라는 훌륭한 모범
답안을 내놓았는데 말이다. 어쩐 일인지 K는 갑자기 울음을

터트려버렸고 나는 "아니, 왜 울어? 대체 왜 우는 거야?"
의아해했다. 지금 상황은 내가 바라던 그림이고, 내가 원하는
독립을 하게 되어서 기쁜 상태라는 것을 강조했다. 남편 성격—
모든 1순위는 가정—에 나의 '독립'을 합의한 것은 그가 낼 수
있는 모든 카드를 내놓은 것이며, 더 좋은 관계를 위해 자신의
마지노선을 넘은 것이라고 덧붙였다. Y는 가만히 듣고 있다가
"그래, 우리 돈 많이 벌자"라는 뜬금없는 위로를 건넨다. 내가
원하는 대로 된 것이라고 아무리 주장해봤자, 아이를 놔둔 채
몸만 나온 불쌍한 처지로 보이나 보다, 싶어서 더 이상의 반론은
관뒀다. 그녀들을 이해시키기 위해 목청 높여 웅변해야 했던
결혼 형태가, 나중에야 LAT족이라 부르는 것임을 알았다.

LAT는 Live Apart Together의 약어로, 직역하면 '떨어져 있지만
함께 사는' 형태를 의미한다. "LAT족은 부부지만 각자 거처를 따로 두고
살면서도 서로 어려운 일이 있으면 언제라도 가서 도움을 주는 관계를
유지한다. 일부 연구자들은 LAT는 역사적으로 새로운 가족 형태의
출현이라고 평가하기도 한다. 가족으로서의 친밀감을 유지하면서도
개인의 자율성을 보존할 수 있는 장점이 있다는 것이다. 연구자들이

조사한 통계에 따르면 영국은 10%, 호주와 캐나다 등은 6~8%의 커플이 LAT족이다. 헤어진 우디 앨런과 미아 패로 커플, 팀 버튼과 헬레나 보넘 카터 전 부부 등이 유명한 LAT족이다. 서로 다른 생활 패턴의 유지, 갈등 방지 또는 각자 주택을 소유하며 이를 포기하지 않는 경우 등이 LAT족이 되는 이유로 거론된다. 별거는 보통 가정불화가 원인이라는 점에서 LAT와 구분된다. 졸혼, 휴혼, 결혼 안식년 등이 주로 노년층에게 일어나는 현상임에 비해, LAT는 연령 구분 없는 새로운 형태의 결혼 생활이라고 할 수 있다.(pmg지식엔진연구소, 《시사상식사전》, 박문각 2017)

  시사 상식 사전 같은 곳에서는 휴혼(休婚)을 주로 노년층에게 일어나는 현상이라 말하지만, 또 다른 전문가는 졸혼(卒婚)은 노년층에게, 휴혼은 전 연령대에 나타나는 현상이라 하니, 아직까지 용어에 대한 정의조차 확립되지 않은 태동기인 듯하다. 다만 확실한 것은 내가 주장하는 이러한 결혼 형태는 비정상적이거나 유별난 것이 아닌, 또 다른 가족의 형태일 수 있다는 것이다. 초등학생 때 '핵가족화'와 '대가족의 붕괴와 해체'를 배운 기억이 난다. 이제 이런 교육 내용은 구시대적인

산물이 되었다. 더 이상 부모와 자녀로만 이루어진 가정을
핵가족이라 구분하지 않는다. 바야흐로 '빼기'의 시대이다.
인생에서 결혼을 빼면 비혼족, 결혼에서 아이를 빼면 딩크족,
결혼에서 동거를 빼면 LAT족이니 말이다. "같이 살려고
결혼하는 거지, 그럴 거면 왜 결혼해?"라는 의견도 있을 것이다.
이 말이 얼마나 개연성이 없는지 알기 위해선 "아이 낳으려고
결혼하는 거지, 그럴 거면 왜 결혼해?"라는 어른들 말씀을
꺼내보면 된다.

"

표면을
걷는다

"

휴혼 전, 우리 부부의 치열했던 싸움은 당분간 떨어져
있기로 결정한 날부터 소강상태에 접어들었다. 함께 밥을 먹고
술을 마시며 일요일에는 교외로 나들이도 갔다. 불필요한
감정 낭비는 하지 않으며, 서로 얼굴을 마주 보고 웃음을
터트리기도 했다. 하지만 어쩌다가 '그날' 일이 나온 순간
우리 부부는 또다시 감정적이 되어 심장을 도끼로 찍어댔다.
우리 관계가 여기까지 오게 된 결정적인 사건 말이다.
여전히 서로의 입장은 견고했고 이해의 틈은 없었다. 불과
10분여 만에 고기를 굽던 자리가 파투 났다. 남편은 자리를
떴고 나는 혼자 술을 마셨다. 저녁 시간이라 가족 단위
테이블이 점차 꽉 찼다. 그 속에서 나는 돼지 껍데기까지

시켜서 나름의 2차를 시작했고 혼자 술을 따르며 생각했다. '남편과 헤어진 후의 내 모습이겠군.' 어깨가 들썩일 정도로 크게 한숨을 쉬는 그 순간, 남편이 다시 나타났다. 시간을 가지기 위해 나갔다 들어온 것이다. 당황스럽게도 나는 다시 돌아온 남편의 모습에 안도가 되었고 심지어 반가웠다. 우리는 '그 일'은 뺀 채 다른 이야기를 나누었고 기분 좋은 상태로 집으로 돌아왔다. 언뜻 보기엔 관계가 좋아 보인다. 하지만 이는 표면일 뿐이다. 뿌리는 건들지 않고 잎사귀만 만지는 꼴이기 때문이다.

원래 살던 집에서 내 짐만 빼서 대전으로 이사 간 날의 일이다. 이삿짐을 싸는 도중에 남편에게 전화가 왔고, 이삿짐 비용 문제와 주말 동안의 아이 거처 문제를 이야기 나누고는 끊었다. 이삿짐 트럭을 얻어 타고 대전까지 내려가면서 트럭 기사와 1시간 동안 수다를 떨게 되었다. 기사는 내게 결혼한 지 얼마나 되었느냐 묻고는 뜻밖의 말을 하였다.

"결혼한 지 5년이나 됐는데도 아직 신혼부부 같으시네요?"

아니, 지금 내 짐만 빼서 원룸으로 들어가는 마당에 무슨
소린지? 손사래를 치는 내게 기사는 덧붙였다. "아까 통화하는
분위기가 완전 애틋하던데요, 뭘."

이런 비슷한 상황은 또 있었다. 이사 다음 날, 대전에 사는
작가가 나를 초대했다. 천안의 독서 모임에 초대받아서
한 번 참석한 적이 있는데 거기서 잠깐 인사 나눈 작가였다.
"사실 남편과 이혼을 할 것 같은데요"라고 말하던
내 모습에 '처음 보는 사람들 앞에서 어쩜 저렇게 당당하게
말을 할 수 있지? 멋진데?'라는 생각이 들었단다. 그런데
들리는 소문으로 박시현이가 술까지 잘 마신다고 하니,
이야기를 나누고 싶어서 연락을 한 거라고 한다. 술을 더 사
와야 할 정도로 즐거웠다. 그러던 중 남편에게서 전화가 왔다.
이사한 집은 춥지 않은지, 주말이어서 데리고 간 아이는 잘
있는지 물어보는 안부 전화였다. 마지막으로 "잘 자" 하고
전화를 끊는데 그 작가가 눈을 동그랗게 뜨고 말한다. "아니,
이게 이혼한다는 부부 통화 맞아요? 너무 다정한데요?"
감정이 개입되지 않는 거리를 유지해서 그런가 보다고
나조차도 이러한 대화가 가능한 이유에 대해 추측해서 답을

내놓았다. 여전히 신기해하는 그녀의 물음을 충족해주기 위해 나름의 문답을 이어갔다. 서로 사랑은 하는데 성격이 맞지 않아 잠깐 떨어져 지내서 그런 것 같다는 부연 설명은 그녀를 슬프게 만들었지만 말이다. (더 이상 "그런 게 아니라"라는 변론은 하지 않는다. 여태 몇 번 시도를 해보았지만 신통치 않다는 걸 알았기에.)

트럭 기사도, 작가 언니도 현상만 본 것이다. 우리는 사실 굉장히 방어적인 상태이다. 해결되지 않은 감정이 켜켜이 쌓여 있으므로 심지를 긴드리지 않으려 의식적으로 노력한다. 단순한 일상만을 공유함으로써 이성적인 태도를 취할 수 있다. "아이 콧물은 괜찮아?"라는 말에 흥분할 일은 없으니 말이다. 불편할 대화는 하지 않는다. 특히 우리는 따로 떨어져 사는 부부이다. 낮고 부드러운 음성마저 없으면 많은 것을 감수한 이 상황의 의미와 목적이 사라져버린다는 위기감이 우리를 사이좋은, 아니 사이좋아 보이는 부부로 보이게 만든다.

휴혼, 즉 결혼의 휴식은 서로의 역할을 당분간

중지한다는 뜻이다. 가정마다 다양하고 독특한 역할 분담이
존재하나 일반적으로 남편은 가장으로서 경제활동을, 아내는
가사와 육아를 책임진다. 결혼이라는 프레임이 부과하는
의무에서 벗어나서 결혼 이전의 상태로 되돌아가는 것이다.
대한민국의 결혼에서 빼놓고 말할 수 없는 시가와
처가와의 관계도 일시 정지다. 홀가분하게 자유로운 느낌이다.
하지만 끈끈하게 얽히고설킨 인간관계와 정서적, 심리적
관계 역시 인위적으로 중단해야 하는 것은 당혹감을 수반한다.

　님은 짐을 정리하기 위해 잠깐 '이전의 집'에 들른 날, 나의
마지막 행선지는 면사무소였다. 허리 디스크로 오랫동안 일을
하지 못하고 계신 시아버지의 의료비 지원 혜택을 알아보기
위해서였다. 내일모레면 '우리 집'에 시부모님이 들어오실 테고
나는 더 이상 그 집의 비밀번호를 누르고 들어가지 못한다.
시가와 며느리와의 관계도 일시 중단이기 때문이다. '몇 월 며칠
부로 휴혼에 들어갑니다'라는 명확한 기준이 있지는 않지만,
며느리가 나간 집에 시부모님이 들어오는 그날이 심리적인
기일이었다. 며느리의 역할이 유효할 때 복지 관련 상담을
해야만 했다. 챙겨주시는 이런저런 서류를 들고 나와서 남편에게

전화를 걸었다. 왠지 데드라인 직전의 임무를 수행한 듯한
느낌이었다.

　이사 나오기 전에 살던 집은 거실이 서재였다. 거실 한
벽면에 전면 책장을 세우고 거기에 10년 넘게 모은 책들을
빼곡히 채워두었다. 싱글 때부터 결혼 후까지 대여섯
번의 이사를 했는데, 그때마다 버린다고 버렸지만 끝까지
남은 300여 권이었다. 대전의 원룸으로 이사 가기 위해
이삿짐을 꾸리던 전날 밤, 책장 앞에 앉아 가만히 그 책들을
바라보았다. 다 가지고 갈 수는 없었다. 선택이 필요했다.
언제고 읽을 수 있을 때는 손길도 가지 않던 책들, 다시는
볼 수 없으리라 생각하니 한 권 한 권이 다 특별했다. 오랜
시간에 걸쳐 가져갈 책들만 추리니 책장에는 딱 반이
남았다. 그것이 그 집에서의 마지막 풍경이다.
　나흘 후 남편에게 전화가 왔다. 남은 책들 다 버려도
되느냐고. 그러라고 했다. 솔직한 심정으로는 한쪽 벽면에
놔뒀으면 했지만 화장실 문구가 떠올랐다.

"다음 사람을 위해 떠난 자리는 깨끗하게."

그렇게 휴혼은 표면을 걷게 만든다.

2부

헤어지지 않기 위해
우리는 따로 살기로 했다

"

왼손
네 번째 손가락

"

    금요일, 친구들과 술 한잔했다. 오리고기와 소맥은 기가
막히게 궁합이 좋았다. "배불러서 이 무것도 못 먹겠어!" 외친 게
무색하게 2차에서도 호기롭게 젓가락질을 해댔다. 정말로 배가
터질 때쯤 다른 지인 하나가 더 온다는 연락이 왔고, 나는
피곤하여 먼저 친구 집으로 들어왔다. 전기장판을 깔고
이불속으로 미끄러져 들어갔다. 휴대폰을 확인하니 부재 중
전화가 네 통 와 있다. 남편이다. 영상통화를 거니 침대에 누운
남편과 아이의 익숙한 모습이 눈에 들어온다. 작은 네모 칸 안의
두 남자. 아빠 팔베개를 하고 누운 아이의 맑은 얼굴을 보고
있자면 나도 모르게 아득해진다. 아이는 밝고 장난기 가득하다.
그 표정에 나의 죄책감을 슬며시 접어둔다. 아이와 혀 짧은

소리로 한창 통화를 하는데 갑자기 남편이 불쑥 끼어든다.

"술 많이 마시지 마."

"술 안 마셔. 위가 아파서 요즘 못 마셔."

"오늘은 마셨네."

이크, 들켰다. 최대한 숨기려고 했는데.

"어, 어……. 오늘은 조금 마셨어."

"나는 딱 보면 알지."

그건 나도 마찬가지야. 전화 목소리만 들어도 나는 알지.

"처신 잘하고."

"아, 당연하지!"

"당신 그 역마살 낀 거 알지?"

"뭐? 역마살?"

"아…… 도화살."

"나 그런 거 없거든?"

"하여튼 잘하라고."

"당연하지. 나에게는 사랑하는 아들내미랑 또……"

당신이 있는데.

"이렇게 결혼반지도 여전히 끼워져 있잖아."

작은 네모 칸을 향해 왼손 넷째 손가락을 흔들어 보인다.

불을 끄고 누워서 방금 전의 대화를 곱씹는다.

'사랑하는 당신이 있는데.'

차마 하지 못한 말.

낯선 이질감을 느낀다. 과연 다시, 당신을 사랑해, 라는 말을 자연스레 할 그날이 오기나 할까?

왼손 손가락을 쫙 편 채, 어둠 속에 반짝이는 반지를 바라본다.

66

당장 떠나도
이상할 것 없는

99

독립한 지 5일 후 추석 연휴가 시작되었다. 연휴를 맞아 아이를
대전 집으로 데리고 왔다. 작은 방에 있으려니 답답히다. 25평
아파트에 있을 때조차 내게 필요한 공간은 1평도 되지 않았다.
언제나 거실 테이블 혹은 침대 위였다. 엉덩이를 깔고 앉는
면적은 고작 그 정도였다. 나머지는 잉여 공간이었다. 잉여.
인간이 안정을 느끼는 조건인가? 예로부터 곳간에 잉여 곡식이
많이 쌓여 있으면 마음이 풍족하다 하지 않는가. 이 집은
잉여라는 표현보다 적재적소라는 말이 더 가깝다. 어떻게
그렇게 있어야 할 것이 있어야 할 곳에 딱 있고 그만한 공간만
허락하는지. 원룸은 나와 아이가 누우면 꽉 찼다. 움직이기도
싫었고 몸은 한없이 이불에 녹아들었다. 먹을 생각도 들지

않았다. 다행히 집 밖으로 나가야 할 이유가 생겼는데 부동산 복비 입금을 위해 은행에 가야 했던 것이다. 아이 옷을 입히고 둘이서 손을 잡고 집 밖으로 나왔다. 불을 켜지 않으면 어두운 방에만 있다 보니 이렇게 날씨가 좋은 줄도 몰랐다. 파란 하늘과 따뜻한 햇살을 맞으니 한결 기분이 좋다. 은행에 가기 위해 지하도를 건너는데 대합실의 탁 트인 공간과 차가운 공기가 마음을 뻥 뚫리게 한다. 8차선 도로의 번잡함과 마트에서 흘러나오는 확성기의 시끄러움이 뇌를 깨운다. 다시 뭔지 모를 의지가 솟았다. 삶에 대한 의지인지, 밤에 대한 의지인지 알 수는 없지만 마트에 들러 장을 봤다. 아이와 함께 지하철 대합실에 앉아 딸기 우유와 초콜릿 우유를 나눠 먹었다. 평소 스쳐 지나가기에 바빴던 지하철역의 광활한 대합실이 내게 여유를 주었다. 일부러 그곳에 머무른 건 처음이었다. 어쩌면 공간이 심리에 끼치는 영향은 생각보다 클지도 모른다는 생각이 들었다. 욕망, 권태, 불안, 분노, 평온, 경외.

내가 월세 10만 원 차이의 집을 두고 고민하고 있을 때, 친구가 말했다. "책에서 읽었는데 천장이 높을수록 창의력이 높아진다더라." 올여름 들른 진천 문백면의 배티성지가 떠올랐다.

천주교 박해 시대에 교인들이 숨어들었던 골짜기가 교우촌으로
발전한 천주교 성지. 종교가 없는 사람도 고요하고 적막한
성당에 들어서면 저도 모르게 경건해진다. 담백한 분위기의 성당
내부가 예뻐서 사진을 찍었는데, 뾰족한 모양의 성당 천장은
내가 근래 보았던 건축물 중 가장 높은 천장이었다. 천장을
유리벽으로 만들어 하늘이 바로 보이게 만든 제주 민박의
화장실도 생각났다. 이 화장실은 시각적인 측면에서 보았을
때 천장이 아예 없는 공간이다. 이 논리대로라면 그 화장실을
작업실 삼아야겠군.

"10만 원 더 내더라도 넓은 집으로 해. 나는 공간이 넓어야
일이 잘 되더라고." 친구의 이어지는 충고에 그동안 나의 행적이
죽음 직전의 생의 필름처럼 재빠르게 돌아갔다. 내가 노트북의
작은 화면을 노려본 채 일을 했던 공간들. 도서관 멀티미디어실,
카페, 침대 속, KTX 접이식 테이블, 아파트 휴게실…… 나의
패턴을 되돌려 감기 한 후 친구에게 말했다.

"나는 별로 영향을 안 받는 것 같은데."

공간의 문제가 아니야, 집중의 문제지, 라는 조금의 우쭐함이
내포되었다. 공간과 심리의 관계를 무시한 오만함이었다.

작은 집이라고 무조건 우울해지는 건 아니다. 스물네 살에 독립을 한 뒤 결혼 전까지 줄곧 원룸에 살았지만 우울증에 걸리지 않은 것만 봐도 그렇다. 그렇다면 나는 지금 왜 이렇게 축 처져 있는 것인가. 이 집이 1층이라 창문을 활짝 열어두지 못한다는 것은 이유가 되지 못한다. 15층 오피스텔에 살았을 때도 바깥을 보지 못한 채 살았다. 전면 통유리라 맞은편 건물에서 내부가 훤히 들여다보였기 때문에 블라인드를 24시간 내내 쳐야 했기 때문이다. 빌라 입구가 각종 쓰레기 때문에 엉망이어서 그런가? 그래, 이 문제는 설득력이 있다. 입구를 오갈 때마다 나도 모르게 인상이 찌푸려진다. 하지만 집 안에 들어오는 순간 잊는다.

다소 어두운 전등 때문인가 싶어서 전등도 갈아 끼웠다. 애석하게도 전등 접촉에 문제가 있는 모양이다. 전등을 끼우는 곳은 세 군데인데 한 군데만 불이 들어온다. 전등 세 개를 끼워야 할 곳에 하나만 불이 들어오니 어두울 수밖에 없다. 이유를 아니 마음이 편해진다. 전등이야 고치면 되는 거니까. 이 방이 대체 왜 내게 우울감을 주는지 알기 위해 아무리 구석구석 살펴보아도 미운 구석은 없다. 고작 그 정도 가진 주제에

까다롭게 고른 집이니까.

"내가 머무는 공간이 나의 인생을 결정한다."

우연히 본 신간 서적의 문구가 내게 꽂혔다. 진실 유무를 떠나서 집이 나의 인격체라는 착각은 대한민국 국민이라면 대다수 하고 산다. 대전에 오기 전 나는 충북 진천에 살았다. 혁신 도시가 들어서면서 논밭 일대가 아파트 단지로 채워졌다. 백화점도, 문화센터도, 대형 마트도 없는 곳에 아파트만 떡하니 들어있다. 이곳은 나와 같은 외지인들이 많이 유입되있는네 대도시에 살던 엄마들은 아무것도 없는 환경에 우울해하기도 했다. 소비의 향락과 먼 곳이어서 나는 되려 좋았다. 드넓은 하늘과 널따란 평지가 눈과 마음을 편안하게 만들었다. 어느 날 기가 찬 이야기를 동네 엄마에게 들었다. 29평부터 34평까지 몰려 있는 E아파트 엄마들이 25평 세대로만 구성된 S아파트 아이들을 차별한다는 것이다. 거지 어쩌고 하면서 말이다. 더 재미난 것은 E아파트와 S아파트 모두 건설사가 한국토지주택공사이고, 분양가 역시 평당 600만 원대로 비슷하다는 것이다. 학군도 교통도 존재하지 않는 이 작은 시골

동네에서조차 아파트 평수로 계급을 나누는 꼴이 우스웠다.
어딜 가든 물 흐리는 엄마들이 있다는 생각에 "저기 강남에
한번 데리고 다녀와야겠네!"라는 유치한 소리가 절로 나왔다.
'집=계급'이라는 프레임에서 나는 자유롭다고 믿었고 '아파트
가르기' 뉴스에 분개를 했다. 하지만 나도 별볼일없었다. 사실
다 문제였다. 원룸이란 것도, 1층이어서 창문 너머 길가에 훤히
노출되어 있는 것도, 지저분한 빌라 입구도, 어스름한 방 불빛도,
지린내 때문에 현관문 밖에 세워둔 매트리스도, 모두 4년 전의
나를 새삼 발견했다. '아파트 입성'이 최우선 과세였던 그네.
남편을 꼬드겨 입성한 혁신 도시 새 아파트. 채 3년을 살지
못하고 원룸으로 방출된 꼴이다.

　　추석 연휴를 맞아 아들을 데리고 부산 엄마 집으로 갔다.
원래 이번 추석은 건너뛰려 했다. 어찌 되었든 남편과 전략적
이별을 택한 셈인데, 친정에 가는 게 마음 편할 리 없다.
아직 아버지는 몰랐지만 엄마와 외할머니는 사건의 전말을
알고 있었다. 덕분에 엄마에게 쓴소리를 한바탕 들었고,
친정엄마에 대한 서운함이 채 풀리지 않은 터였다. 두문불출을

마음먹었지만 당초 계획과 달리 짐을 싸서 내려간 이유는 딱 하나였다. 이 집에 있기가 싫어서.

"엄마 얼굴 보기가 좀 그래. 이번 연휴는 밀린 일이나 하면서 혼자 보낼래"라고 했던 내 선포가 무색할 뿐. 길어봤자 2박 3일 정도 있다 오려고 한 내 계획은 5박 6일로 종지부를 찍었다. 그것도 아이를 남편에게 보내기로 약속한 날짜가 되어서 당일 아침에 급하게 출발한 것이다. 남편과의 약속만 아니었더라면 더 오래 눌러앉았을지 모른다. 아파트 생활의 안락함은 부모에 대한 죄책감이나 소박맞은 꼴인 나의 체면을 덮어버릴 정도로 강력했다. 염치없이 매끼 밥도 잘 차려먹고 마지막 날 밤에는 도다리 회에 맥주까지 마셨다. 괜히 뭉그적대다가 또 날을 넘길까 싶어서 아예 새벽 7시에 출발해버렸다.

2시간 40분 후 도착한 빌라의 좁은 주차장은 이미 다 차 있어서 내 차는 길가에 대야 했다. 빌라 입구는 여전히 지저분했고, 현관문을 열었을 때 분명 아침 10시인데 밤 10시는 되었음직한 어둠이 깔려 있었다. 불을 딸깍, 켠 순간 일주일 동안 비어 있었던 방이 눈에 들어왔다. 하룻밤 자고 바로 부산에 내려갔으니, 일주일이 지난 오늘에서야 이 방에서 보내는 이틀째

밤이 된다. 기분이 이상했다. 새로 들어온 주인이 예뻐해주지도
않고 덜렁 떠난 이 집에 짠한 마음이 든다. 다시 마주한 게
반갑지는 않지만 싫지만도 않다. 나도 모르게 정이 눈곱만큼
침투한 느낌이다. 하룻밤의 정이 이토록 무서운 건가? 내일 당장
떠나도 이상할 것 없는 월셋방. 빨리 돈 벌어서 얼른 '탈출'할
곳에 지나지 않는 공간. 서로에게 이방인인 존재. 일주일 만에
쌀을 씻고 밥을 올리고 국을 끓였다. 비로소 이 집이 내 삶에
들어왔다.

각자의
식탁

부산 친정에 며칠 다녀온 이번, 새삼 눈에 들어온 광경이
있었다. 친정은 각자 먹고 싶을 때 따로 밥상을 차려 먹는다는
점이다. 빙 둘러앉아 먹는 아침 식사 시간이 따로 없다는 걸 왜
이제야 깨달은 거지? 늦은 아침, 출출하여 밥솥을 열며 방에
있는 여동생을 향해 소리친다.

"밥 먹을래?"

뒤이어 짧은 대답이 돌아온다.

"아니."

시간이 몇 신데 아침을 안 먹느냐니, 배 안 고프냐느니,
조금이라도 먹으라느니 따위의 덧붙임은 없다. 배가 안 고프니
안 먹는 거겠지. 나도 그러니까. 그렇게 내 밥그릇만 푼다.

결혼 생활 중 나를 힘들게 했던 것 중 하나가 밥 먹는 시간에
관한 거였다. 아침을 챙겨 먹지 않고 살아온 나는 아침을 먹으면
소화가 되지 않아 아침을 먹은 날이면 점심을 건너뛰어야
한다. 시가는 아침 식사 시간이 따로 있었다. 강의 일정 때문에
서울 시가에서 하룻밤 잔 다음 날 아침엔, 어김없이 밥상이
차려져 나왔다. 입맛이 없어도, 배가 고프지 않아도 자리에 앉아
밥숟갈을 떴다. 밥이 들어올 시간이 아닌데 음식물이 들어오니
내 위장은 당황했을 것이다. 푹 늘어져 쉬고 있는데 외근 가신
팀장님이 갑자기 들어온 느낌이랄까? 급하게 위장 운동을 해대니
소화될 리 만무하다.

친정은 굳이 삼시 세끼 챙겨 먹지 않는다. 특히 친정엄마는
'1일 1식'과 '소식'을 하신다. 어쩌다 삼시 세끼를 먹은 날이면,
다음 날까지 속이 더부룩하다. 양껏 먹어도 시어머니는 "그렇게
조금만 먹어서 어떻게 하니"라는 걱정을 하셨다. 이렇다 보니
30년 넘게 삼시 세끼 어머니 밥상을 받은 남편과 나의 식사
스타일은 전혀 다를 수밖에 없었다. 맞고 틀리고가 아닌, 그냥
다른 식탁 문화였다.

오랜만에 늘어지게 누워 있고 싶은 주말 아침, 남편은 눈

뜨자마자 내게 말한다. "오늘 아침 뭐 먹지?" 익숙해질 법도 한데 주말 아침이 꼬박꼬박 돌아오는 게 내겐 고역이었다. 간단하게 빵과 시리얼에 우유만 먹어도 괜찮으련만 이 식탁은 남편에게 '식사'가 아닌 대충 때우는 '무관심'이었다. 물론 아침 식사를 나 혼자 차리는 일은 없었다. 남편은 굉장히 부엌 친화적인 남자로, 나보다 칼 같은 주방 도구에 관심이 훨씬 많다. 아직도 미역국을 끓이지 못하는 나와 달리 남편의 미역국은 일품이며, 그 북엇국은 따라올 자가 없을 정도로 맛있다. 남편이 국에 있어서 강자라면, 나는 메인 요리에 관해서 강자다. 힘께 뚝딱뚝딱 민들면 딱 좋은 콤비다. 하지만 내가 먹고 싶을 때 음식을 하는 것과, 시간이 되었으니 만드는 것에는 차이가 있다.

어쩌다 아이가 늦잠을 자서 어린이집 지각을 할 것 같을 때 고민한다.

'그냥 오늘 집에 있을까?'

그러다가 곧 생각한다.

'아니, 안 돼. 밥 먹여야지.'

그러곤 무거운 몸을 일으켜 준비를 한다. 그렇다. 밥 먹이기 위해 어린이집에 보내는 거다. 하원 후 저녁만 차리면 되니

압박감이 훨씬 덜하다. 정말 고맙다. 체육, 미술, 음악, 요리 활동, 견학보다 하루 두 끼 아이 밥 챙겨주는 것 자체가 그야말로 성은이 망극하다. 이렇다 보니 아이 어린이집 방학이 내겐 곤욕이다. 또 밥이 문제다. 2주 동안이나 삼시 세끼를 차려야 하다니!

친구가 경미한 교통사고를 당했다. 정차해 있는데 갑자기 웬 차가 옆구리를 비비고 들어왔다. 허리와 목에 무리가 갔단다. 결국 짧게 입원을 했다. 하, 좋겠다. 병원에서는 삼시 세끼 밥 또박또박 챙겨주던데. 아이 덕분에 2년 전, 병원 생활을 잠깐 한 적이 있다. 어린이집에 유행하는 전염병에 단 한 번도 걸린 적 없는 아이가 폐렴에 걸렸다. 돌치레였나 보다. 첫날은 병원이 그렇게 갑갑하고 심심하더니, 이틀, 사흘이 지나자 서서히 적응이 됐다. 곧, 시간 땡, 하면 나오는 병원 밥을 즐기기 시작했다. 4박 5일을 병원에서 지내고 퇴원해도 좋다는 의사 소견을 들었을 땐 섭섭할 지경이었다. 사람들이 여행을 왜 좋아할까. 그중에 밥이 있지 않을까. 내가 차리지도 치우지도 않아도 되는 유일한 허용. 친구도 입원하자마자 가장 먼저 기억한 것이 식사 시간이란다. 아침 8시, 오후 12시, 오후 5시. 끼니마다 병원

식단을 찍어 보낸다.

남편이 일찍 퇴근하여 함께 저녁상을 차리던 어느 날, 상 위에 수저를 챙겨 놓으며 나는 소리쳤다. "아! 왜 이렇게 인간은 비효율적으로 만들어졌을까? 밥을 왜 먹어야 하는 거지?" 남편은 자기 자리에 앉으며 대답했다. "철학자 같은 소리 하지 말고, 밥이나 먹어."

지켜보면 결국 우리 삶은 밥이다. 밥도 못 먹고 일만 죽도록 한 날에는 서럽고, 맛있는 식당에 가기로 한 날이면 설렌다. 엄마는 아이 밥 차려주러 서둘러 돌아오고, 중년 여인은 남편 밥 굶을까 봐 친구들과 여행도 못 간다. 밥이 잡아맨 삶이라니. 밥 안 먹으면 죽는 건 맞지만, 밥 한 끼 안 먹는다고 안 죽는 것도 맞다.

한 끼 정도는 지나치고 싶은데 끼니 거르면 큰일 나는 줄 아는 남편 덕에 머릿속 빈약한 레시피를 뒤적인다. 남편이 해외 출장을 갈 때면 나는 범죄를 저지른다. 남편 입장에서 보면 그렇다. 아이와 뒹굴다가 끼니를 놓쳐 은근슬쩍 지나칠 때도 있고, 빵이나 과일로 대충 때울 때도 있다. 조금의 가책은 느껴지지만 '오늘 하루니까!' 하며 그 게으름을 즐긴다. 조금 자유로운 기분도 든다. 밥에 매인 영혼이 조금 헐거워진 느낌이랄까. 그러면서도 내가 차린 밥을 안 먹는 아이를 보며 애를 태운다. 결국 문제는 밥이다.

엉성하게나마 밥이 잡아맨 삶은 휴혼을 계기로 끝이 났다. '시간'에 맞춰 밥을 먹지 않고 '배가 고플 때' 밥을 먹는, 내겐 아주 익숙하고도 당연한 생활로 돌아온 것이다. 아침을 아예 건너뛸 때도 있고, 빵에 우유를 먹기도 한다. 저녁 역시 배가 고프면 차려 먹고, 그렇지 않으면 바로 잠자리에 든다.

그런데 결혼 전과 전혀 다른 나의 모습을 최근 자각한 순간이 있다. 싱글일 때는 무조건 시켜먹든지 사 먹었다. 집에 밥솥이 아예 없었고, 이사를 할 때마다 생각했다. '저런 쓸데없는 주방이 없었더라면 방이 더 클 텐데.'

휴혼 후 친정에 갔을 때 친정엄마가 내게 물었다.

"집에 냉장고는 있니?"

나의 이미지가 이 정도일 줄이야. 그러고 보니 오래된 양파를 썰다가 물컹한 양파 때문에 칼이 빗나가 엄지손가락을 깊게

베인 적이 있다. 조금만 더 들어갔더라면 꿰매야 했다는 의사 말을 친구들에게 전했는데, 그때 한 친구가 그랬다. "오랜만에 칼질하다가 피 봤네." 아니, 아무리 그래도 나도 '엄마'다. 아이가 있는 집에서 어떻게 요리를 안 할 수가 있으랴. 매일 칼질하고 매일 물을 끓인다. 그들에겐 스물네 살의 나로 머물러 있는 듯했다. 그래, 나도 인정이다.

그런데, 이랬던 내가, 지금 꼬박꼬박 쌀을 씻고 취사 버튼을 누른다. '해동 밥'은 먹지도 않았는데 혼자 사니 밥이 매번 남아 냉장고에 소분하여 얼려둔다. 흠혼으로 인해 이사 니 올 때도 밥솥, 냄비, 각종 취사도구와 그릇, 양념장 하나까지 모조리 쓸어 왔다. 가랑비에 옷 젖듯 소소한 살림살이의 장만이 만만치 않다는 걸 알기에. 그리고 새로운 '안주인'의 살림이 들어차겠지 싶어서. 이삿날 저녁, 퇴근한 남편에게서 전화가 왔다. "다 가져갔네?"

주말 아침마다 쌀을 씻는 나를 보며, 지난 5년 결혼 생활 동안 어설프지만 주부 인자가 조금은 생겼구나 느낀다. 이건 전적으로 '밥돌이'인 남편 덕분이다. 지방 강의를 갔다가 올라오는 저녁, 밥 생각이 났다. 남편 생각도 덩달아 났다. 시어머님이 차린 밥상을 거하게 먹을 시간이다. 그렇게 밥, 밥

하더니 요즘은 엄마가 차려준 밥 먹고 좋겠네.

저마다 밥에 부여한 의미가 새삼스럽다.

"
아이
마음
"

　어린이집 학부모 면담이 잡혔다.

　지난 2년 동안 학부모 면담은 특별할 것 없었지만 이번은 다르다. 담임선생님은 아이가 엄마와 주말만 함께 지낸다는 대략적인 사실은 알지만 자세한 내막은 모른다. 일 때문에 주말부부를 한다고 둘러댈 수 있지만 그러고 싶지 않았다. 가정환경을 제대로 알아야 아이에게 적절한 보육 방법을 찾을 수 있지 않을까.

　아이가 한때 말썽을 일으켰다. 장난감을 던지고, 친구를 밀치고, 얼굴에 상처를 낸 것이다. 그 아이의 부모는 괜찮다고 이해를 해주셨지만 내 마음이 편할 리 없었다. 손 편지와 함께 연고를 보냈다. 그로부터 며칠 후, 아이가 다른 친구 얼굴에 또

생채기를 냈다는 소식을 들었다. 연달아 일어난 사건에 나는
망연자실했다. "아, 진짜 미치겠네"라는 말만 나도 모르게
되풀이했다. 심상치 않은 낌새를 눈치 챈 담임선생님은 "어머니,
아이들끼리 이런 일은 비일비재해요" 해주셨지만 그게 아니었다.
요 며칠 새, 격한 부부 싸움을 자주 했던 터였다. 부부의 싸움이
아이에게 영향을 미쳤다고 생각하니 견딜 수가 없었다. 죄스럽고
미안하고 막막하고 참담한 심정에 나도 모르게 눈물이 왈칵
터졌다. 뜬금없는 학부모의 눈물에 담임선생님은 당황했고 나
역시 예상치 못한 울음에 당황했다. 아이 역시 오묘한 분위기에
어쩔 줄 몰라했다. 아이들의 사건을 듣고 학부모가 울어버리면
어느 선생님이 마음 편하게 아이 생활에 대해 말해줄 수
있겠는가! 이 일은 내게 '이불 킥' 사건으로 길이 남아 있었다.
    오후 5시, 약속한 시간에 어린이집을 찾았다. 가정의 현재
상황에 대해 솔직하게 털어놓았다. 같은 여자로서, 인생 선배로서,
그리고 교사로서 나의 이야기를 잘 들어주셨다. 아이가
어린이집에서 한창 힘들어하던 때가 있었다고 한다. 예민하고,
까칠하고, 짜증을 그렇게 낸 그때가 아마도 우리 부부가 한창
싸웠던 그 시기 같았다. 주책없이 울어버린 그날 이야기가

자연스레 나왔다. 다시 밝은 아이로 돌아온 시기는 공교롭게도 휴혼 이후였다. 내가 모르는 이야기도 들었다. 처음 할머니와 등·하원한 첫 주에는 울면서 선생님에게서 떨어지지 않으려 했다고 한다. 이번 주의 등·하원은 전주에 비해 훨씬 좋아졌는데, 주말 동안 엄마와 충분한 시간을 보내고 와서가 아닐까 추측하셨다.

선생님께 며칠 전의 에피소드를 전해드렸다.

"제가 사는 집을 '엄마 집'이라고 하지 않고 '엄마 사무실'이라고 아이에게 말하고 있어요. 엄마 아빠가 따로 사는 걸 아이에게 인식시키고 싶지 않다고 남편이 그렇게 하자고 하더라고요. 며칠 전에 혹시나 하는 마음에 '엄마 아빠 왜 같이 안 살까?' 물어봤는데 '엄마 아빠 싸워서'라고 똑똑히 말하는 거예요. 진짜 깜짝 놀랐어요! 아이 모르게 하려고 열심히 쇼를 했는데 이미 아이는 알고 있는 것 같던데요?"

담임선생님은 깔깔 웃으시며 대답하신다.

"애들은 다 알아요."

선생님이 아이 활동지를 보여주셨다. "엄마, 아빠에게 하고 싶은 말이 뭐예요?"라는 제목이 맨 위에 붙어 있다. 그 아래 네모 칸에 아이 말을 받아 적은 선생님 글씨가 보였다.

엄마, 아빠랑 다 같이 놀러 가고 싶어요.

어린이집에서 나오자마자 "카톡!" 알림이 울린다. 남편이다.

오늘 상담일이지?

타이밍이 귀신같다. 혹시 지켜보고 있는 건 아닌지 나도 모르게 주위를 둘러본다. 남편에게 면담 후기와 함께 아이의 마지막 말도 전했다. 남편은 금세 답을 한다.

가을 여행 잡자.

아이를 위해 헤어지고, 아이로 인해 이어지는, 부부라는 인연.

"

시어머니와의
조우

"

　주말마다 만나는 아이, 라는 행간에는 묵직한 무언가가
숨겨져 있다. 이혼 중인 부부 사이에 아이를 '인도한다'의 의미는
교집합인 시간을 공유해야 한다는 뜻이다. 매주 금요일 저녁,
나는 아이를 데리러 남편 집으로 간다. 도착하기 10분 전
남편에게 전화를 하고, 지상 주차장에 깜빡이를 켠 채 차
안에서 기다린다.

　처음에는 차 안에서 기다려야 할지, 차 밖에서 기다려야
할지조차 고민되었다. 차에 탄 채 기다리자니 5일 만에 아이를
만나는 어미 모습 같지가 않고, 차에서 내리는 것 또한 내키지
않았는데, 이 시간을 너무나 기다렸다는 모습을 남편에게 보이기
싫었던 것이다. 그건 그야말로 '아이는 이 집 자식이오'라는 걸

인정하는 꼴 같았다. 본가에 고이 있는 자식을 잠깐 빌려 가는 느낌이랄까. 이치에도 맞지 않은 갈등 끝에 내가 택한 건, 차 안에서 (현관문을 뚫어지듯 보며) 기다렸다가 아이가 공동 현관문에 나타나면 (나도 모르게) 반갑게 아이 이름을 (외치듯) 부르며 차에서 내리는 것이었다.

초반 2주 동안에는 아이를 내게 인도하는 내내 남편은 내게 눈길조차 주지 않았다. 마치 휴혼 중인 부부가 눈이라도 마주치면 법에 어긋나기라도 하는 듯 철저하게 나를 무시했다. 통화할 때는 이것저것 챙기던 남자가 만나기만 하면 모른 체해대니 황당할 법했지만 '또 시작이네' 할 뿐, 나도 별 신경 쓰지 않았다. 여자 마음보다 더 갈대 같은 게 남편 마음이니까. 그러다가 서서히 한마디씩 붙이기 시작하더니, 어느 날은 "조심해서 가"라는 말을 하고, 또 어느 날은 기름 값으로 몇만 원 쥐여주기도 하고, 급기야 함께 장을 보고 헤어지기에 이른 것이다. 이렇게 일주일 두 번 짧게 공유하는 시간이 서로에게 점차 익숙해져갔는데, 문제는 시가 어른들이었다.

서로의 양가 부모님에게 둘 다 연락하고 있지 않은 상황이었다. 남편 마음은 어떤지 모르겠지만 나 같은 경우에는 송구스럽기도,

두렵기도 해서였다. 우리 부부에게 급박하고도 불안한 시간이었던
휴혼 전 2주, 집안 어른께 미리 말씀드리거나 의논할 상황조차
아니었다. 오늘 성벽을 쌓았다가 다음 날이면 성벽이 우르르
무너지는 나날의 연속이었다. 휴혼이 결정되고 남편은 이 이야기를
시가에 전했다. 시부모님 이사 날짜가 정해지고, 그렇게 나는
집을 나가게 되었다. 그게 다였다.

　어머님과 마지막으로 통화한 건 휴혼 한 달도 더 전의 일이었다.
그날 부부 싸움 중, 남편이 말도 안 되는 모함을 해댔다. 남편의
고질병 중 하나가 시어머니가 하지도 않은 말씀을 했다고 해대는
것이었다. 내가 꼴 보기 싫다고 했다느니, 연락하지 말라고
했다느니, 그 레퍼토리는 다르면서도 결은 비슷했다. 몇 번 당하고
나니 기도 안 찼다. 하지만 그날은 분한 마음에 직접
확인해봐야겠다며, 남편 앞에서 시어머니께 전화를 하였다.
오빠가 이런 말을 하던데 혹시 정말이냐는 내 물음에 두어 번
이런 전화를 받은 어머님도 한숨을 쉬시며 "그럴 리가 있겠니"라고
하신다. 그러면서도 평소엔 타이르고 중재하시던 어머님이
그날은 다른 말씀을 하셨다.

"내가 보기엔 너희 둘 성격이 너무 안 맞는 것 같은데,
이젠 시현이 너 하고 싶은 대로 하려무나. 아이를 못 키우겠으면
엄마가 다 키워줄 테니까 이젠 시현이 편한 대로 해."

그 말에 나는 "아이는 제가 키울 거예요. 다만, 지금은 제
상황이 여의치 않으니 잠깐만 봐주시면 제가 자리 잡히는 대로
데리고 갈게요"라고 했고, 어머님은 내가 원하는 대로 다
해주겠다고 하셨다. 그날 우리 둘은 펑펑 울면서 통화를 했고,
전화를 끊고 나서도 나는 회한과 죄송함 때문에 하염없이 울고
말았다. 한참을 오열하다가 이내 울음이 잦아들고 그쳤을 때쯤,
신기하게도 내 마음과 정신은 맑았다. 남편과의 관계에 대한
미련, 후회, 아쉬움, 두려움 등이 많이 옅어져 있었다. 어쩌면
나는 그때부터 남편과의 헤어짐을 준비했을지도 모른다. 하지만
남편과의 관계는 회복되었고, 별일 없이 사나 싶다가 순식간에
불어온 돌풍에 뼈대가 약했던 우리 관계는 내려앉고 말았다.
시가와는 자연스레 연락이 끊겼고, 다시 할 용기도 명분도 없이
도리에 어긋난 찜찜함을 모른 체하고 지냈다.

이 모른 체는 급기야 시부모님에 대한 미움으로 번졌는데,

지나고 나서 보니 내가 무너지지 않기 위한 자기방어였다.
시부모님을 미워하지 않으면 여태껏 연락드리지 않는 불효를
견딜 수 있는 기제가 없었다. 어떤 이는 내게 "아니, 이사 날짜를
합의하지도 않고 그냥 통보했다고? 살고 있는 며느리 그냥 밀고
들어오겠다는 거 아냐?"라고 격한 반응을 보였는데 당시엔 그런
거 아니라고 받아쳤지만 시간이 지날수록 그 말이 머릿속에
맴돌았다. 결국 남편과 말다툼하던 중 "나만 없으면 된다며? 나만
나가면 불쌍한 엄마 아빠 당신이 모시고, 어머님도 힘들게 요양
병원에서 일 안 하시고 당신 월급으로 편하게 사실 거 아냐? 결국
당신 원하는 대로 됐네!"라고 소리쳤다.

분노, 미움, 배신감, 의심으로 뭉친 자격지심 때문에 매일
손자를 알뜰살뜰 보살피는 어머님 모습은 보이지도 않았다.
아쉬운 것만 눈에 들어왔다.

일교차가 큰 가을, 어린이집에서 만난 아들은 기모 바지를
입고 있었다. 10월에 기모 바지라니! 황당함에 벌어진 입을
다물지 못하는 나를 보고 어린이집 선생님이 농담을 건네셨다.

"엄마 없는 티가 나죠?"

충격적이지도, 놀랍지도 않은 말이었다. 방금 나도 그렇게
생각했으니까. 거즈 수건을 매일 목에 두르고 다니는 모습
역시 보기 싫었다. 침 흘리는 아기도 아니고 대체 왜 매일 거즈
수건을 목에 두르는지. 남편에게 "제발 엄마 없는 티 좀 안
나게 해주라", "기모 바지는 12월부터 2월까지 입는 거야"라고
구구절절 메시지를 보내도 달라지는 건 없었다. 허리 수술한
남편과 어린이집 다니는 어린 손자 돌보느라 살이 쪽 빠진
엄마에게 말할 수 있는 아들이 아니었다.

　11월 부모 교육 스터디 날의 일이다. 그날은 맥주 한잔을 빌미로
다들 자녀를 데리고 한 집에 모였다. 바로 하원한 아들은
그날도 기모 바지를 입고 있었고, 그 자리에 있던 엄마들은
기함하였다. "10월부터 기모 바지 입고 다녔어요"라는 체념한
듯한 내 말에 다들 안타까운 눈빛을 보냈다. 그 집 아이 내복을
빌려 갈아입혔지만 덕분에 '엄마와 할머니의 양육 방식'에
대한 토론이 이어졌다. 다른 사람들은 다 아는 게 왜 남편과
시어머님만 눈에 안 보이는지 이해할 수가 없었다.

　어느 날이었다. 여전히 '내 기준'으로는 한 벌만 입어도 되는
날씨였지만, 어린이집 사진첩에 올라온 아이는 두 겹을 입은 채

머리칼이 땀에 젖어 있었다. 결국 나는 그 주, 알림장 '부모란'에
글을 적었다. 물론 그 알림장은 하원 후 시어머니도 매일
확인하는 알림장이었다.

선생님, 죄송하지만 등원 후 겉옷은 벗기고 내의만 입혀서
지낼 수 있도록 해주세요. 원은 따뜻해서 땀을 흘리니까 바깥
공기를 쐬면 감기에 걸리는 것 같아요.

솔직히 여 부라는 심정이었다.

매주 수요일, 그 동네 도서관에 강의가 있어서 가던 길,
우회전하는 순간 바로 앞에 낯익은 차가 보였다. 남편 차다.
순간 머릿속이 복잡했다. 지금 시각은 오전 9시 30분, 남편은
회사에 있는 시간이다. 그렇다면 저 차는……? 거기까지 생각이
미치자마자 바로 차를 갓길에 세웠다. 약 20미터 앞에는 신호
대기에 멈춰 선 시어머님이 운전하고 있을 차가 보였다. 초록불로
바뀌고 어머님 차가 사거리를 지날 때까지 나는 꼼짝도 않고
있었다. 백미러로 나를 보셨는지 아닌지는 중요치 않았다. 이미

갓길에 차를 세운 것부터 돌이킬 수 없다. 대체 나는 왜 숨은 것일까? 아니, 숨겠다는 목적을 완벽히 달성은 한 건가?

그런데, 어머님과 마주쳐야 할 일이 생긴 것이다! 매주 금요일 아이 인도를 기뚱차게 책임지던 남편이, 그날은 회사 일이 늦어져서 칼 퇴근을 못한다고 하는 게 아닌가.

"어머니께 말씀드려놓을게"라는 남편 말을 못 들은 체하고 "꽃사슴을 엘리베이터에 태워서 1층으로 내려 보내. 내가 1층에서 기다리면 되잖아"라는 말도 안 되는 소릴 해댔다. 남편은 화도 내지 않고 "혼자 타면 울어" 했고, 나는 혼돈에 휩싸여 더 이상 헛소리조차 하지 못했다. "그때 아버님 허리 수술하고 안부 메시지 보냈는데 어머님이 답 없으셨단 말이야. 나 어머님 불편해"라고 속내를 털어놓자 남편은 "그냥 인사만 드려. 집에 다 와 가면 나한테 전화해, 어머니한테는 내가 전화할게"라고 한다. 아이를 안 볼 수도 없고, 그날 하루 종일 속이 안 좋았다. 무거운 마음을 안고 남편 집에 도착하기 10분 전, 남편에게 전화를 거니 웬걸, 남편이 집인 낌새다. 휴혼 후 가장 반가운 목소리로 남편에게 소리쳤다. "뭐야, 여보! 집이야?"

그렇게 무사히 고비를 넘기고 이주일 후, 나는 또다시 같은 상황을 마주했다. 처음에는 혼비백산했지만 두 번도 경험이라고 그러려니 싶다. 언젠간 맞아야 할 상황, 약간의 체념이 섞여 있는 듯하다. 1층 공동 현관문 앞에서 고민했다. 비밀번호를 누르고 그냥 들어가도 되나, 아니면 호출을 해야 하나.

80△호, 호출.

자기 집을 호출할 확률이 몇이나 될까, 처음 들어보는 호출 벨소리가 낯설다. 문이 열렸다.

1층에 들어서서 서성였다. 지금 바로 올라가면 애매하다. 아이가 겉옷 입고 신발 신고 나올 때까지 좀 걸릴 것이다. 8층 엘리베이터 앞에서 기다리기도, 현관문 앞에서 기다리기도 뭣하다. 1층에서 적절한 시간을 보낸 후 올라가는 게 나아 보였다. 하릴없이 아파트 게시판 유인물을 읽었다. 적당한 시간이 지난 후, 엘리베이터를 탔다. 1층, 2층, 3층…… 거울을 본다. 웃어야 하나? 4층, 5층, 6층…… 커트 머리 오랜만에 보시겠네. 긴 머리가 예쁘다고 하셨는데. 7층, 8층, 땡!

문이 열리자마자 예상치 못한 아이와 어머님 모습이 눈에 들어온다. 당황하여 나도 모르게 어색한 미소를 지으며 "어, 어머님! 안녕하세요?" 하고 말았다. 엘리베이터에서 한 걸음 걸어

나온 그 자리에 선 채, 어색하게 아이 손을 건네 잡고 어머님이
주신 아이 짐을 받아 든다. 다시 뒷걸음질로 한 걸음 옮기려는
찰나, 어머님이 물으신다.

"들어왔다 갈래?"

나는 거실에 꿇어앉은 채 신난 아이가 찰흙을 가지고 노는
걸 보지만 집중이 될 리 만무하다. 소파에는 아버님이 아무
말 없으신 채 앉아 계시고, 어머님은 아이 생활에 대해 간간히
말씀하신다.

"얼마나 사랑스러운지 몰라, 어린이집에 갈 때는 할아버지한테
'하부지, 다녀오게씀미다' 하고는 자기 인형 가리키며 '뿌잉이랑
가치 기다리고 이써어, 아라찡?' 하고선 간단다."

"밥도 얼마나 잘 먹는지 똥을 이만큼씩 싸."

"옷 사이즈가 애매하더라, 110 입히려니 배가 찡기고 120은 또
너무 크고……."

어머님과 나만 말을 주고받고, 모두가 아이만 바라보고 있다.
아이가 없었다면 서로 눈길은 어디에 가 꽂혔을지 궁금할 정도로.

언제나처럼 어머님은 "밥 먹고 갈래?"라고 물으셨고 그 말씀의
의중을 가늠조차 할 수 없다. 두 번의 권유와 두 번의 거절.
배가 고프지 않았거나, 불편하거나, 이유는 다양하겠지만 진짜
이유는 이거다. 아파트 공동 현관문 앞에서 비밀번호를 누를까
호출을 할까 하던 순간, 엘리베이터 안 거울을 보며 웃어야 하나
말아야 하나 고민하던 순간, 일상적인 순간들이 비일상적이게
된 지금, 밥을 먹는다면 나는 또 고민해야 할 것이다. 설거지를
해야 하나, 놔두고 가야 하나. 며느리와 손님의 저 어디
중간쯤인 느낌.

　15분 정도 앉아 있다가 일어섰다. 아니, 시간은 모르겠다. 정말
짧은 것 같기도, 긴 것 같기도 한 시간이었으니까. 내내 아무런
말씀이 없으신 아버님께 인사드리고, 어머님과 함께 1층
주차장으로 내려왔다. 아이를 차에 태운 후 어머님 앞에 섰다.
　"어머님, 죄송해요."
　어머님을 안았다. 어머님은 울먹거리신다.

　"시현아, 나는 네가 너무 불쌍해서……"

정말 뜻밖이었다. 어머님은 나를 미워하고 원망하실 줄 알았다. 속사정이 어떻든 아들과 손자 놔두고 나간 며느린데, 저런 마음이 안 드는 게 이상할 지경이다. 아니, 어쩌면 나를 미워하고 원망하실지 모른다. 눈앞에서 며느리를 마주하니 정 많고 마음 약한 어머님의 천성이 드러난 것일 뿐. 며느리의 과오는 눈에 보이지 않으시고 여전히 사랑만으로 품으려 하시는구나. 나 혼자 지레 겁먹었구나. "어머님, 저 하나도 불쌍하지 않아요. 정말 잘 지내요." 목소리에도 팔에도 힘이 들어갔다.

아파트 후문으로 빠져나오는데 긴장이 풀렸는지 나도 모르게 내뱉었다. "역시 좋구나……." 시부모님과 함께 있을 때 느껴지는 특유의 편안함, 안정감, 따뜻함. 그 어떤 못된 마음도 녹아내리게 하는 두 분만의 아우라. "들어왔다 갈래?"라는 생각지도 못한 어머님 말에 얼떨결에 "그럴까요?" 대답한 그 순간으로 필름이 되돌아간다. 현관문을 열고 들어가니 집 안은 따뜻했다. 어머님은 바로 아이 옷을 벗기며 말씀하셨다. "땀 나면 감기 드니까 벗고 있자."

순간 나도 모르게 핸들을 내리쳤다. 참 얄팍하다. 못나 죽겠다. 그놈의 알림장, 찢어버리고 싶다.

그다음 주, 남편의 출장 때문에 나는 또다시 어머님과 조우를 해야 했는데, 공동 현관문 비밀번호를 누르고 들어갔고, 곧바로 엘리베이터를 탔으며, 8층 집 벨을 누른 후, 집 현관에서 아이를 안았다.

"

일에 관하여:
다시 사회인이 된다는 것

"

50일이 흘렀다. 원래 인생은 계획대로 흘러가지 않는다는 걸 알았지만, 나의 행부를 이 지점에서 살펴보면 애초에 계획하지 않았던 것투성이다.

우선, 대학교 동기가 창업한 스타트업에 합류한 지 한 달째다. 초기 멤버는 동기 두 명과 나, 그리고 새로 뽑은 직원 한 명으로 총 네 명. 스타트업 특성상 월급은 없다. 생계형 알바라도 해야 할 마당에 무급으로 매일 출근 중이다. 당장 먹고사는 문제가 시급한 상황에, 웬 뚱딴지같은 선택이냐 할 수도 있겠다. 현실과 이성으로 똘똘 뭉친 남편이 안다면 분명 이런저런 충고와 염려를 늘어놓을 게 뻔하다. 남편이 언제나 내게 말하던 '이상을 보지 말고 현실을 살아라'에 완벽히 충돌한다. 내가 스타트업

창업이라는, 어느 친구 말마따나 '진짜 뜬금없는' 선택을 한
이유는 간단하다. 재미있을 것 같아서. 이젠 재미 말고 가슴이
뛰는 일 말고, 머리가 가리키는 방향으로 갈 법도 한데 아직
그러고 싶지 않은 걸 보면, 철이 덜 든 걸까?

며칠 전 도서관 강의에 평생학습센터 센터장이 참관차
방문했다. 마침 내가 준비한 수업에 '각자 인생에서 중요한 가치'를
꼽아보는 활동지를 준비했던 터라, 센터장도 함께 참여했다. 나는
나의 가치를 '도전'이라고 말하였는데, 센터장이 물었다.
"그 끊임없는 도전의 끝은 무엇입니까?"
"저는 저만의 것을 만드는 욕구가 강한 것 같아요. 저만의
어떤 것을 만들면 거기서 다지는 작업을 하지 않을까요?"
"끝을 생각하지 않고 평생 도전만 한다면…… 가족도
있잖아요."
예리한 지적이었다. 나도 잠깐 말을 멈추고 생각하는 시간을
가졌다. "가족도 있잖아요." 뜨끔하다. 과연 나는 무엇을 위해
휴혼까지 하며 달리고 있는 것일까. 곱씹어보지만, 역시나 내게는
목표이자 꿈이랄 건 없다. 그저 흘러가는 대로 살되, 흐름 속에서

삶이 주는 메시지를 찾고 순간에 몰입하며 사는 것, 내가 삶을
대하는 자세이다.

"저는 하나의 경험을 '점'으로 봅니다. 내게 필요 없는 경험은
하나도 없다고 믿습니다. 휴혼이든 스타트업 창업이든 모두 내
삶을 이루는 중요한 재료라고 생각합니다. 이 점이 나중에 어떤
점과 이어질지는 아무도 모릅니다."

사실 도전이라는 단어가 주는 무게는 꽤나 무겁고 거칠다.
당신은 도전이 무엇이라 생각하는가? 도전의 진정한 의미를
《행복을 피주는 여자》의 저자 최서연이 설명해준다고 나는
생각한다. 우연히 나는 그녀의 강연을 듣게 되었는데, 그녀는
강연에 앞서 우리에게 질문을 던졌다.

"오늘 제 립스틱 색깔 어울리나요?"

그녀 입술을 보니 이상하거나 튀어 보이지 않는다. 그냥 평소
그녀 입술 색 같았다.

"사실 오늘 아침에 전 큰 도전을 했습니다. 평소에는 바르지
않았던 붉은 컬러를 발랐기 때문이지요. 평소 하지 않던
행동을 하는 것, 이것이 제겐 도전입니다."

어쩌면 우리가 매 순간 일상에서 하는 선택의 또 다른 이름은 도전일지도 모른다. 스타트업 창업 역시 세상에 없던 가치를 만들어내는 도전이다. 안정적이고 안전한 넓은 길을 놔둔 채 우거진 수풀을 헤치고 나가야 하는, 아무도 가지 않은 길에 흥미를 느끼는 인간이 나라는 점을 받아들이고 있다. 이런 나를 두고 엄마는 '붕 뜬 상태'라고 표현하는데, 붕 떠 있어야 '그곳'에 다다를 수 있다고 생각한다. 현실에 발 디디고 사는 사람들이 필요하다면 나처럼 허공에 뜬 채 사는 사람도 있어야 한다. 꿈꾸는 사람들을 위하여.

"조금은 미쳐도 좋아. 지금까지 없던 색깔들을 보려면. 그게 우릴 어디로 이끌지 아무도 몰라. 그래서 우리 같은 사람이 필요한 거야. 꿈을 꾸는 그대를 위하여. 비록 바보 같다 하여도 상처 입은 가슴들을 위하여, 우리의 시행착오를 위하여."(영화 〈라라랜드〉(2016) 중에서)

참 신비하다. 마치 나를 위해 삶이 준비를 해놓았다는 듯, 독립 직후 기회가 왔으니 말이다.

다행히 일은 재미있고, 나의 능력을 후하게 쳐주는 동료들

덕분에 내적 동기가 콸콸 쏟아지는 중이다. 동료들은 원래
나의 직업인 강사로서의 시간 역시 확보해주는데, 여유 자금을
모아둔 그들과 달리 당장 벌지 않으면 바닥으로 곤두박질치는
나의 상황을 이해해주기 때문이다. 하지만 날이 갈수록 동료
의식이 조금씩 생기면서 그들의 배려가 마음의 짐으로 둔갑하였다.
모두가 일하는데 나 혼자 강의 때문에 출근을 하지 않는다거나
일찍 퇴근해야 하는 상황에 괜스레 혼자 미안해지는 것이다.
어느 날 술자리에서 이런 내 마음을 터놓고 말했다. 친구이자
동료인 그들의 대답이 걸작이다.

"네가 잘되는 게 우리가 잘되는 거야."

이런 멋진 친구들이 있기에 현실과 미래를 오가며 돈도 벌고
우리만의 세상을 만들고 있다. 물론 시공간을 초월하는 건 보통
일이 아니다. 살인적인 일정을 매일같이 소화해야 하기 때문이다.
하루에도 대전, 서울, 광명, 진천 등을 오가는 나의 일정을
보며 그들은 한마디한다. "나는 박시현처럼 못 산다."
연이은 일정에 피곤했는지 평소에 눌리지 않는 가위까지

눌렀다. 그럼에도 요즘 나의 기분을 묻는다면 "최고입니다!"라고
말할 수 있다. 경제적으로는 숨 막힐 정도로 갑갑할 때가 있고
체력적으로는 힘에 부치지만, 정신적으로는 그 어느 때보다
재미있고 감사한 나날이다. 지출 대부분을 차지하는 유류비에
혀를 내두른다는 것은 차가 있다는 뜻이고, 아침부터 시외버스를
탄다는 것은 일이 있다는 의미이다. 얼마간 백수 신세를 면하지
못하리라 예상했는데, 하루가 텅 비어 있지 않은 그 자체가 내겐
감사이다.

　원래 하던 강의 일도 잘 풀리고 있다. 어쩐 일인지 출강하는
강의마다 강사료를 높게 책정해주는 덕분에 생활비 정도는
벌고 있다. 연합뉴스 TV에 출연한 방송을 광명시청 관계자가
본 덕분에 광명시에서 주최하는 창직(創職) 포럼 사회도 맡았다.
전임 강사로 속해 있는 한국 창직 협회의 일은 갈수록
많아지고 있으며, 내년에는 더 바쁠 것 같다. 출간한 책 덕분에
저자 강연으로 대구에 다녀왔고, 두 번째 책 역시 고지를 향해
가고 있으며, 지금 이 순간 이 글을 쓰고 있다. 불안한 마음에
밤마다 구인 사이트에 접속하여 공장 취업을 살펴보던 날이
엊그제 같은데 말이다. 물론, 프리랜서라 적고 일용직이라

읽는 프리랜서 강사의 특성상 비수기인 12월부터 내년 2월까지가 두렵기도 하다. 강의가 없으면 어떠랴! 마트나 식당에서 아르바이트하면 될 것을. 스타트업에서 개발하는 어플리케이션도 12월이면 출시가 된다. 그때 죽이 되든 밥이 되든 방향이 보이겠지. 그때는 또 그때의 나의 상황에 집중하면 된다. 닥치지도 않은 미래의 두려움에 사로잡히지 않기로 매 순간 다짐한다. 결국 오늘을 잘 살면 되는 것이다.

66

아이에 관하여:
아이 앞에서 나는 겸허해진다

99

　　당분간 아이와 주말 동안만 만난다는 말을 들은 제2의
친정 같은 니의 단골 가페 '그라디아 숲' 사장님이 진지하게
말씀하셨다.

　　"시현 씨, 무슨 일이 있어도 아이는 엄마랑 같이 있어야 해."

　　누가 모를까. 아이와 함께 지내기 위해 귀촌까지 알아보았다.
시골에서 아이와 살면 큰 생활비 없이도 그럭저럭 살 수
있을 것 같았기 때문이다. 전국 귀촌지 중 내 관심을 끈 곳은
충남 홍성이었다. 교육 인프라가 부족한 다른 농촌에 비해
홍성은 아이 교육에는 문제가 없었다. 전국적으로 유명한

친환경 어린이집부터 지역 문화와 밀접한 초등학교까지
아이를 키우기엔 더할 나위 없이 좋아 보였다. 홍성군
귀농귀촌지원센터에 전화를 걸었고, 그게 인연이 되어
고마운 분을 만났다. 홍성군의 총무라고 소개한 그를 통해
중요한 정보를 많이 얻었는데 그중 하나가 '귀농인의 집' 지원
사업이었다. 최대 1년까지 지낼 수 있으며, 월세가 20만 원
안으로 매우 저렴했다. 마침 그 시기, 충남 평생교육진흥원에서
3개월 단기 계약직을 뽑는 공고까지 났다. 직접 홍성군으로
답사를 간 날에노 총무님이 선화를 해서 고급 징보를
알려주었다. 마을 의료원에 사람을 구한다는 공지가 오늘
올라왔다는 것이다. 오늘 온 김에 면접 보고 가라며 연락처를
알려주었다. 모든 것이 맞아떨어지는 듯했다. 하지만 그달 말에
방을 빼기로 한 귀농인의 집 입주자의 이사 날짜가 미루어졌고,
귀농귀촌지원센터를 통해 다른 귀농인의 집을 알아보았지만
공실이 없었다. 남편과 합의한 이사 날짜는 점차 다가왔고,
결국 나는 홍성이 아닌 대전으로 향해야 했다.

　한참 귀촌 준비를 하고 있던 때, 나의 귀촌 계획을 들은 남편은
내게 이성적으로 생각하라고 했다. 본인의 고정적인 급여도

그렇지만 부모님이 들어와서 함께 살기로 했으니, 아이를
키우기엔 본인이 더 나은 조건임을 상기시켰다. 즉, 아이를
본인이 키운다는 말이었다. 대신 아이를 보고 싶을 때는 언제든
봐도 좋고, 내가 자리를 잡거든 그때 아이를 데려가라고 했다.
당시 우리는 양육권이니 친권이니 하는 법률적인 용어를 입에
올리며 한창 열을 내던 때였는데, 과연 남편이 자신의 말을
지킬지 불안했다. 공증을 받기로 했지만 사정이 어떻든 엄마가
아이를 놔두고 집을 나간 모양샌데, 혹여나 생길 불미스러운
소송에서 법이 내 편이 되어준다는 확률도 낮았다. 이렇다 보니
처음부터 아이를 데리고 농촌이라도 들어갈 심산이었지만,
상황이 내 뜻대로 되지 않은 것이다.

　하지만 우리 부부가 '더 좋은 관계를 위한 휴혼'이라는 합의점에
도달한 후부터 급속도로 관계가 안정되었고, 그에 따라 우리는
양육권이니, 친권이니 하는 우리 사이에 불필요한 법률 용어는
쓰지 말자고 약속했다. 지난날의 서로에 대한 신뢰였다.

　요즘 나는 매주 수요일 저녁부터 목요일 아침, 그리고 금요일
저녁부터 월요일 아침까지 아이와 보낸다. 수요일은 유동적이지만,

금요일 일정은 무조건 지킨다. 이혼 대신 휴혼을 결정하기로
했을 때 친정엄마는 그러셨다.

"아무리 바빠도 아이와 약속한 날은 꼭 지켜라."

겉으로는 알았다고 했지만 속으로 생각했다. '정 바쁠 때는
어쩔 수 없겠지.'

하지만 막상 아이와 떨어지니 '어쩔 수 없는' 상황은 생기지
않았다. 금요일부터 일요일까지는 강이도 받지 않고, 야속도
잡지 않는다. 한 강사가 토요일 강의를 소개해줬는데 그날은
아이와 함께하는 날이라 거절한 적이 있다. 이를 건너들은 다른
강사가 내게 "당신의 가장 중요한 가치가 뭔지 알겠다"라고
했는데, 이는 내가 철학과 신념이 투철한 여성이라서 그런 것이
아님을 엄마라면 모두가 알 것이다.

아이 생각에 잠을 설치고 밤새 울 줄 알았지만 그런 날은 여태
한 번도 오지 않았다. 나도 아이도 현재 상황을 받아들이며
적응해가고 있었다. 아이 생각이 기저에 깔려 있긴 하지만
그리워서 애달프다거나 일에 집중을 할 수 없다거나 하는 상황은

애석하게도 없었다.

그런데 일이 벌어졌다. 아이도 나도 각자 삶에서 잘 지내고 있구나, 우리만의 라이프스타일이 되었구나 믿었기 때문에 흔들림 없이 잘 지낼 수 있었는데, 서울 사무실에서 일하고 있던 어느 날, 어린이집 담임선생님으로부터 문자를 받은 것이다.

꽃사슴이 스카프를 가지고 놀다가 갑자기 울음을 터트렸어요.

'엄마~' 하면서 너무나 서럽게 울어서

'엄마 보고 싶어요?' 했더니 '네'라고 해요.

어찌나 서글프게 우는지 제 마음이 다 아프네요.

부드러운 스카프를 만지다 보니 엄마 품이 생각났나 봐요.

엄마 통화시켜달라는데 언제 시간 되세요?

이 문자를 받은 나의 심정이 어떻겠는가. 거의 이성을 잃은 나는 "당장 돼요. 지금도 되고 다 돼요"라는 문자를 보내고도 기다릴 수가 없어 통화 버튼을 누르려는데, 시간이 눈에 들어왔다. 오후 12시 30분. 아이들 낮잠 시간이다. 민폐를 끼칠 수는 없고, 선생님께서 상황 될 때 어련히 전화 주시겠지

기다리는데 심장이 옥죄는 느낌이다. 남편에게 당장 연락을
했다. 차를 안 가지고 왔는데 혹시 터미널로 날 데리러 올 수
있느냐, 오늘 아이 데리고 대전 집에 가서 하루 지내다 오겠다,
난리를 쳤다. 이날 이후 나는 아이와의 약속을 절대적인
1순위로 삼았고, 근처에 강의가 있는 날에는 남의 집 방을
얻어서라도 짧게나마 1박을 보내고 왔다.

　요즘 들어 나는 상사병에 시달리는데, 시간이 지날수록
아이에 대한 그리움이 더 진해진다. 처음에는 새로운 생활에
적응하느라 뭣도 몰랐던 것 같고, 어느 정도 익숙해지자
그제야 아이의 표정이, 몸짓이, 웃음이 파고드는 것이다. 여섯
번째 월요일이었던 지난주는 유독 일주일이 길었다. 여느
월요일처럼 아이 어린이집 등원을 시킨 후 서울행 버스를
타려고 이동하는데, 벌써부터 아이가 그립고 보고 싶었다. 이제
목요일은 되었나 싶어 달력을 보면 겨우 수요일인 따위였다.
일주일에 반을 함께 지내면 되었다 싶었는데, 이 역시 나의
오만이었다. 막상 부딪히면 생각보다 작은 일이 대부분인데,
아이와의 이별은 갈수록 생각보다 큰일이 된다.

　이번 주는 아이 품이 특히나 그리웠던지라 끊임없이 아이를

만지고 닿이고 안는다. 저 혼자 이미 다 큰 것마냥 벌써부터
엄마 품을 벗어나려 한다. 저가 필요할 때만 안기고, 그 외엔
귀찮아하는 낌새에 서운하다. 동그랗게 눈 뜨고 있는 낮에는
원 없이 안을 수 없으니, 아무것도 모르는 밤에 한을 풀었다.
팔베개도 했다가 머리칼도 쓰다듬었다가 뽀뽀도 많이 했다.
자다가도 깨어 아이 얼굴을 한없이 바라보았다. 이거 큰일이다.
조만간 아이 생각에 밤잠을 설치거나 눈물로 밤을 지새우는
날이 도래할지 모르겠다. 결국 거주지를 대전에서 충북 음성으로
옮기기로 했다. 조금이라도 아이와 가까운 곳으로, 단 몇
시간이라도 더 오래 함께 있을 수 있는 집으로. 돈이야 다시 주워
담으면 되지만 애달픔은 주워 담을 수 없다.

　부모 교육 스터디에서 '아이를 위해 참고 살 것인가 vs. 아이를
위해 헤어질 것인가'에 대한 토론을 벌인 적이 있다. 아이를 위해
헤어지지 않고 함께 산다고 하지만 아이는 직감적으로 부모
관계를 안다. 친밀하고 긍정적인 상호작용이 사라진 가정에서
가족의 형태만 지키는 것이 진정한 가족인가에 대한 고찰이
이어졌다. 부모인 동시에 자녀이기도 한 스터디원 중 몇몇은

지금에라도 부모님이 이혼하길 바란다고 했다. 지지고 볶고 싸우는 것을 수십 년 동안 보아야 하는 자녀의 피로도와 불안감은 상당했다. 결국 압도적인 차이로 후자가 이겼다. 나 역시 우리 부부의 싸움에 익숙해진 아이의 모습에 충격을 받아 떨어져 있기로 결정한 입장에서, 나의 선택이 틀리지 않았다는 안도감이 들었다.

그런데 요즘 들어 의구심이 든다. 물론 나의 선택을 후회하지는 않는다. 다시 돌아간다 해도 같은 선택을 할 것이다. 하지만 아이는 허술뿐이지만 함께 있는 부모를 훨씬 좋아한다는 것을 요즘 들어 느낀다.

남편 회사에서는 매년 가족 동반 걷기 대회를 개최한다. 올해도 우리 가족은 참가 신청을 했는데, 휴혼 후 5주 만에 처음으로 세 식구가 함께 보내는 시간이었다. 아이의 기분은 최고였고, 그런 아이를 보면서 우리 부부의 어색하던 기운은 점차 사라졌다. 그날을 기점으로 말로 정확하게 표현할 수 없지만 우리 관계는 '가족'의 형태에 좀 더 가까워진 느낌이다. 더 많은 연락을 하고, 더 자주 웃으며, 함께 있는 시간을 어색해하지 않는다. 이 부분은 영원한 숙제일 것이다. 아이에게

비치는 부모의 모습이자 가정이라는 울타리 말이다. '쇼윈도
부모'인 세상의 많은 부부들은 이미 알지도 모른다. 자녀를 위한
연기가 아닌 자녀를 위한 또 다른 노력이라는 것을. 허울이란
의미에 또 다른 가치를 부여해본다.

"

'결혼 학기제'에 대한 깔끔한 정리

"

친구 녀석들하고 재미난 대화를 주고받았다. 서른네 살
대한민국 평범한 남자인 그들 역시 또래 여자 친구들과
마찬가지로 결혼에 대한 고민을 가지고 있다. 그중 K군은 얼마
전 헤어진 여자 친구를 잊지 못한 채 허우적거리고 있다. 그런
그에게 능력, 외모, 집안 빵빵한 (그리고 눈이 이상한) 여자가
구혼을 해왔다. 하지만 헤어진 여자 친구의 진한 여운으로, 다른
여자를 만날수록 그녀 생각이 더 나는 기묘한 상황에 처해
있다. 친구의 전후 사정을 알고 있음에도 '구혼녀'는 다시 한 번
프러포즈를 했는데, 이제 막 사업을 시작하는 신생 사업가인
K에게 있어서 아주 매력적이면서도 '쿨'한 프러포즈가 나를
감탄케 했다.

"나 능력 있으니까, 오빠 망하더라도 보험은 들어놔야 하지 않겠어?"

이 멋진 '신여성'의 프러포즈를 전해 듣고 내가 답했다.

"우와, 내가 결혼할까!"

이것을 계기로 잠에서 덜 깬 아침, 깔깔 웃으며 시작할 수 있었는데 우리들의 실없는 대화는 다음과 같다.

> **K** 또 하려고? 결혼 수집가야?

> 남자, 여자 다 해보지, 뭐.

> **K** 이 친구 포부가 대단하네.

> **S** 휴혼 시즌2.

> **K** 결혼 학기제 시행.

> 박시현 1학년 마치고 휴혼 중에 복수 전공 고려 중.

> S는 34수째.

> K는 합격 통지서 받고 고민 중.

> **S** 나는 학업 생각 없음.

> **K** S 부모님 왈, "그래도 졸업장 있고 없고 차이가 많이 다르단다."

> **S** 학사모 쓰고 싶은 우리 부모님.

석사하려면 어느 정돈데?

S 일처다부제?

K 자녀 및 대가족으로 함께 살다가 고부 갈등 마스터.

혹은 황혼 이혼 후 재혼.

뭐야, 결국 다시 결혼으로의 회귀네. '기승전결혼'이야?

K 학사 졸혼하려면 우선 입혼부터 해야지.

S 쉽지 않네, 그냥 마 고졸로 살란다.

K S, 입혼 포기 선언, 바로 노후 준비 코스.

휴학은 다시 돌아갈 때를 염두에 둔다. 결혼이 인생의 또 다른 학교라면 휴혼은 복지제도가 아닐까, 생각한 아침.

4부

따로 또 같이,
이렇게 휴혼은 지속되고 있다

66
그라티아
숲
99

진천 읍내 주택가 모퉁이에는 작은 숲이 있다. 새들이 잠깐 쉬어 가는 나무 같은 곳, 휘로롱 찾이 왔다가 금세 떠나는 곳, 카페 '그라티아 숲'. 내게는 영혼의 쉼터이자, 책 벗이 있는 우정의 공간이자, 넋두리를 해대는 제2의 친정이다.

내가 어쩌다가 이 복작대는 복덕방 같은 곳에 앉아 있는 것일까.

사람 모으는 재주를 지닌 사람이 있다. 화려한 말발도, 어여쁜 얼굴이 없어도 무슨 이유에선지 그 사람 주변엔 사람이 모인다. '숲 카페'에서는 기묘한 인연법이 작용한다. 한번 오면 다 엮여버린다. 꽃 농장 사장님도, 퇴직 교사도, 서예 선생님도 모두 모두 굴비처럼 엮여버린다. "두 분 인사해요. 여기로

와봐요" 하는 카페 사장님 한마디에 엉거주춤 인사를 한다.
내키든 내키지 않든 그렇게 함께 차를 마시게 된다. 한 명, 두 명
그러저러 합석한 것이 네다섯 명이 둘러앉은 적도 있다.

　여기 들락거리는 존재는 사람만이 아니다. 떠돌이 개도
쉬었다 가고, 길고양이들은 대놓고 찾아온다. 온갖 인연법이
어지럽게 뒤섞인 곳이다. 동네 사랑방이다. 여기서 문학회 모임도
시작되었다. 처음 만난 날, 평생 글을 쓰고 싶다는 고백을
사장님에게 했다. 사장님이 대뜸 내게 물었다. "우리 가게 손님
중에 문학에 관심 있는 분들이 몇 분 있는데, 만나볼래요?" 그냥
하시는 말인 줄 알았는데 정말로, 그다음 주 화요일, 일곱 명이
모였다. '이음 문학회'의 시작이었다. 카페는 살롱이 되었다.

　'숲'에 들락거리고 나서부터 부쩍 봄이 기다려진다. '봄날의
카페' 소문을 하도 들어서다. 따뜻해지면 꽃 가게라고 착각할
정도로 봄이 만발한단다. 카페에 화분과 꽃을 퍼다 주는
분이 있단다. 일명 꽃 농장 사장님. 그리 오래지 않아 그와
뜻밖의 만남이 이루어졌다. 마을 공동체에 관심 있다는 내 말에
반색한다. 꽃 사장님은 현재 여러 협동조합을 만들어서 마을
사업을 추진 중이란다. 그날 이후 카페는 우체국이 되었다. 꽃

사장님이 마을 공동체, 협동조합 관련한 자료를 카페에 두고 간다. 나는 그것을 받아 온다. 그저 '관심 있다'라는 수준인데도 도움 주시려는 마음이 따뜻하다. 이미 나는 봄날이다.

'니롱 할아버지'를 처음 만났을 땐, 카페의 모든 테이블이 손님들로 가득 찬 어느 날이었다. 멀대 같은 할아버지가 문을 열고 들어오시는데, 함께 차를 마시던 사람들이 벌떡 일어섰다. 그러고는 정답게 팔과 어깨를 쓰다듬기도 했다. 키는 190센티미터 가까이 되어 보일 정도로 컸다. 수분이 다 빠져나간 것처럼 바싹 말랐더랬다. 지금은 호두껍질 같은 얼굴이지만 한때는 필히 '날렸을' 것 같은 잘생긴 생김새이다. 할아버지는 보청기를 꼈음에도 귀가 잘 안 들렸다. 그렇지, 몸이 이제 일하기 싫다는데, 아무리 현대 기술로 읍소해보아도 어쩔 도리 없지. 90년 일했으면 청력이 '명퇴'해도 될 노릇이다. 할아버지는 처음 보는 내게 "난청이 있어요, 난청이 있어……" 말꼬리를 흐리셨다. 괜찮아요, 할아버지. 세상엔 난청이 아닌데도 난청인 척하는 사람들도 있거든요.

카페 사장님이, "전교님! 니롱 이야기해봐요, 니롱!" "니롱?"

할아버지는 아홉 살 소년처럼 앞니 빠진 웃음을 지으셨다.

열아홉이던 때 할아버지는 서울대 치대에 면접을 보러
가셨단다. 영어, 시사, 상식 시험이었다. 영자 신문의 'nylon'은
그로부터 70년을 두고두고 회자될 운명이란 걸 어찌 알았겠는가!
나일론이 비단보다 귀한 시절이었다.

"니롱이라고 읽어서 떨어졌지. 그래서 하는 수 없이 충북대를
갔어."

나와 카페 손님들은 신나게 웃어댔다. 니롱 할아버지는
덧붙이셨다 "석탄…… 이런 것들은 다 읽었는데……. 허허."

나에게 카페란 일하는 공간이었다. 가장 구석 자리에 앉아서
미간에 잔뜩 힘을 준 채 노트북만 노려봤다. 침범하지 말라는
무언의 영역 표시다. 대형 카페를 선호했다. 다양한 얼굴 속에
내 존재를 묻었다. 공간이 넓을수록 나는 타인의 타인이 되었다.
그러므로 숨기에 좋았다. 그런데, 숨기는커녕 내 존재를 오롯이
들키는 이 작디작은 공간이라니. 못생긴 남자에게 빠지면 답이
없다는 옛말이 생각난다. 지금 내 상황이 약간 그런 짝이다.
고작 테이블 세 개인 작은 카페. 반백의 머리를 빨래집게로

꼬집은 사장님, 그녀의 솜씨라고 믿기지 않는 커피 맛. 차 마시는
법을 처음 배운, 여하튼 반전의 매력을 지닌, 그래서 나를
드러내면서까지 찾아가게 되는 그라티아 숲.

나는 이 공간이 참 좋다. '오늘은 책 읽다 가야지' 마음먹고
구석 테이블에 자리 잡아도, "이리 와서 인사해"라는 말에
어김없이 끌려 나오지만 말이다. 커피 마시러 온 손님이 장 본
딸기를 내어놓는다. 그걸 또 다 같이 나눠먹는다. 이상한
자연스러움이다. 새로운 관계가 어물쩍 이어지지만 결코 불편하지
않다. 그라티아 숲 손님들은 커피를 마시기 위해서가 아니라,
사람을 만나기 위해 오는 것 같다. 오늘도 역시, 누구든지 간에.

"

WHO

"

휴혼 후 처음으로 그라티아 숲에 들렀다. 오십 대 카페
사장님과는 1년도 안 된 사이에 쐐나 싶은 인연을 맺었다.
대전으로 이사 갔다는 소식을 미리 전하지 못해 마음에 걸린
터였다. 카페 앞에 주차를 하고 내리는데 이제 막 카페를 나서는
단골손님과 딱 마주쳤다. 친하진 않지만 요리 교실도 함께
참여하고 차도 종종 나눠 마신 사이다. 집에 일이 생겨서 잠깐
갔다가 다시 온다기에 그러려니 하고 카페로 들어섰다.

카페 사장님과 1시간 넘게 수다를 떨다 보니 어느덧 일어나봐야
할 시간이다. 사장님도 오늘은 일찍 퇴근하련다 하시며 문 닫을
준비를 주섬주섬 하신다. 그때였다. 아까 그 단골손님이 다시
등장했다. 단골손님은 들고 온 종이 가방을 내게 건넸다.

물음표가 둥둥 뜬 채 종이 가방 내용물을 꺼내보았다. 말을
잃었다. 밑반찬이었다. 멸치 볶음, 토마토 피클, 파김치, 만두.
이사한 집의 작은 냉장고가 텅텅 비어 있는 내게 최고이자
최적의 선물이다. 그게 끝이 아니다. 어린이 연필 세트와 샌들,
젤리까지 달려 왔다. 아들 선물이다. 감격스러운 마음에 그
자리에서 반찬 뚜껑을 열어 바로 맛을 보고, 사진까지 찍었다.
다시 한 번 감사함을 전하고 차에 반찬 통을 실었는데 그
옆에 쌀 포대와 나박김치 통이 이미 실려 있다. 좀 전에 카페
사장님이 챙겨주신 것들이다. 대선으로 몰아오는 내내 반찬
통에서는 김치 냄새가 새어 나왔지만 마음이 한껏 부풀어
올랐다. 내게 이런 친절과 호의를 베풀어주는 존재.

　휴혼 과정은 내게 잊지 못할 특별한 시간이기도 한데, 내
주변의 'WHO'를 발견한 계기이기 때문이다. 《WHO》는 2009년
우리나라에 소개됐을 당시 "내 안의 100명의 힘"이라는 부제가
달렸던, 미국 최고의 헤드헌팅 기업 CEO가 쓴 책이다. 사람들은
도움을 청할 때 전혀 엉뚱한 사람에게 도움을 청한다고 저자는
지적한다. 예를 들어, 일자리를 구해야 한다면 우리는 구인
사이트를 뒤적거린다. 서로 전혀 알지 못하는 담당자에게 이력서를

보내고 하염없이 기다린다. 나에게는 이미 100명의 지원군이 있다는 사실을 까맣게 잊어버리는 이유는, 우리가 우정을 우습게 보기 때문이다. 사실 나를 도와줄 사람은 이미 내 안에 있다.

휴혼이 이루어지기까지 한 달여의 기간 동안, 나는 단 한 사람의 '외부인'의 도움도 받지 않았다. 나와 인연을 맺고 나를 잘 아는 이들이 나를 기꺼이 도우려 했다. 도움은 반찬에서부터 집 보증금, 정서적 지원까지 빈틈없이 나를 에워쌌다. 'WHO'란 전혀 모르는 사람들이 아니고 바로 나의 친구들이다. 나는 사실 친구들에게 도움을 요청한 적이 별로 없다. 증권사에 다닐 때 신규 계좌 개설 할당량을 채워야 했을 때도, 대출 사기를 맞아 거액의 빚을 졌을 때도 친구들에게 도움을 청하지 않았다. 내가 도움을 요청하는 자체가 그들에게 부담이자 민폐라고 생각했다. 친구라는 관계는 언제나 즐겁고 신나고 긍정적인 에너지를 공유해야 한다고 믿었다. 심리적으로 기대고 도움을 받을 수는 있어도 경제적인 도움을 받는 것은 건강하지 못한 관계로 가는 첫걸음이라고 생각했다.

34년 만에 친구에게 거금을 빌렸다. 100만 원. 아니, 엄밀히 말하자면 빌린 게 아니라 빌려줌을 당했다. 60일 된 신생아를 키우는 친구는 아이 젖을 물리거나 아이를 재우면서도 나랑 통화를 했다. 나의 휴혼과 관련된 내력뿐만 아니라 그전의 갈등까지도 모두 아는 친구이다. 우리 부부가 전략적 이별을 택한 그 순간부터 매일매일 바뀌는 상황을 속속들이 알고 있던 그녀는 어느 날 내게 말했다. "상황을 보니까 집 구할 돈도 못 받을 것 같은데, 혹시 필요하면 다른 사람한테 말하지 말고 나한테 말해."

정말로 그런 상황이 내게 닥쳤고, 그때도 친구는 내가 먼저 말하지 않도록 배려해주었다. 눈치를 채고 "얼마 필요해?"라고 먼저 물어봐준 것이다. 친구는 보증금보다 넉넉하게 빌려주려고 했고, 천천히 갚아도 좋다고 하였다. 하지만 빌리는 모든 돈 역시 빚이고 언젠가 갚아야 할 부담이었다. 이런 속내를 말했음에도 한사코 빌려주려는 친구에게 "진짜 필요할 때 말할 테니까 그때 도와줘"라고 말하는 것으로 일단락 지었다.

Y는 내게 이런 말을 하기도 했다. 그동안 돈 모을 필요성을 못 느껴서 버는 족족 쓰고 살았는데, 이번 계기로 돈을 모아야겠다는 생각을 했단다. 필요할 때 쓰라고 떡하니 친구에게 내줄 수 있는 여력이 없다고 한탄한다. 돈에 대한 많은 생각을 하게 된 계기란다. 별소릴 다 한다는 내 말은 들은 체도

않고 "돈 많이 벌어야겠다" 재차 다짐하는 그녀는, 매번 내게
밥과 차를 산다는 사실은 잊었나 보다. 이 친구가 어느 날은 또
'중·고등학교 대상 진로 프로그램'을 기획해보자고 한다. 이
기획안이 본인에게 왔는데 일정이 너무 바쁘고 번거로운 업무가
많은 프로그램이라 망설였다고 한다. 이 상황을 아는 K가
전화를 해서는 "우리 그 프로그램 해요. 시현 강사님에게 해줄
수 있는 일은 그것밖에 없는 것 같아요"라고 했다는 게 아닌가.
"K야, 이미 우리는 시현이에게 많은 정서적 도움을 주고 있단다"
했더니 그래도 실질적인 도움을 줘야 한다고 우겼단다. 내게
일감을 주기 위해 우리 세 명이 함께 할 수 있는 프로그램을
기꺼이 맡으려고 하는 그녀들도 WHO이다.

　대전에서 혼자 뭐하냐고, 매달 월세 20만 원 지원해줄 테니
서울로 올라오라고 적극 종용한 WHO도 있다. 그 옆에 있던
또 다른 친구는 "나는 5만 원까지 가능"이라고 한다. 비단 이
친구들뿐이랴. 별 다른 말하지 않은 채 조용히 지켜봐주는
WHO, 이사한 대전 집에 김이며, 햄이며 식료품을 바리바리
싸들고 온 WHO, 상황을 판단하는 말에 내가 상처받은 모양새니
"나를 용서해줄래?"라는 지나치게 무거운 말로 나를 웃긴 WHO,

"시현 씨는 반짝반짝해요"라는 말로 나를 다시 일어서게 만든 WHO, 무작정 귀촌을 알아본 나와 인연이 닿아 일면식도 없는 내게 빈 집 정보부터 먹고 살 수 있는 방법까지 세세히 도움을 준 충남 홍성의 WHO, 진한 피로 이어진 덕분에 누구보다 쓴소리를 했던 WHO, 휴혼을 선언하노라 끄적거린 블로그에 댓글을 달며 응원해준 WHO.

　어느 날 누군가 내게 그런다. "만약 내가 시현 씨 같은 상황에 처했는데, '도와줘'라고 말할 수 있는 친구가 몇 명이나 있는지 생각해보게 되더라고요. 일례로 빌려주는 거지만 백만 원을 선뜻 줄 친구가 있는가, 반문해봤는데, 없어요 저는." 새삼 나의 자산, WHO를 한 명 한 명 떠올려보았다. 나도 언젠가 누군가의 WHO가 될 수 있기를 염원한다.

　당신에게는 'WHO'가 있다. 그리고 당신의 'WHO'들에게는 또 그들만의 'WHO'가 있고 그들의 'WHO'들은 또 그들만의 'WHO'를 가지고 있다. 이런 식으로 'WHO'는 끝없이 확장돼나간다.(Bob Beaudine, *The Power of Who: You Already Know Everyone You Need to Know*, Center Street, 2009)

"
사회생활
vs. 가정생활
"

금요일 오후 6시, "급하게 간다, 안녕!" 후다닥 사무실을
나서는데 뒤에서 "진짜 급하게 가네"라는 친구의 말이 들린다.
와하하 웃으면서 나가다가 깜빡 잊은 것이 있어 1초 만에
돌아선다. 일주일마다 청소 당번을 정하는데 이번 주 내 담당은
휴지통이었다. 버리려고 싸놓은 쓰레기봉투를 깜빡하고 갈
뻔했다. "언니, 그거 제가 내놓을게요"라는 막내 말에 "에이, 내가
할게" 들고 돌아서는데 또 다른 친구가 외친다. "야, 이것도
가져가야지! 네 정신!"

친구들과의 스타트업에 합류한 지 두 달하고 2주가 지났다.
주 5일 꼬박 출퇴근하는 직장인인데, 아직 다들 월급은 없다.
다행히 강사료 덕분에 조금은 더 버틸 수 있을 것 같다. 12월

말에 출시되기로 한 어플리케이션은 개발자 사정으로 기약
없이 늘어지고 있다. 가장 중요한 영업 직원 채용도 생각보다
쉽지 않다. 이런 상황인데도 희한하게 무급으로 합류한 멤버가
더 늘었다. 부동산 1위 어플리케이션에서 활약했던 영업
팀장이다. 그냥 인사차 사무실에 놀러 왔다가 귀신에 홀린 듯
도와준다며 출근하기 시작했다. 아직 서비스 시작도 못했지만
기술보증기금 벤처기업으로 인증받았고, 사회적 기업 육성 사업
선정도 됐다. 각종 정부 자금 신청도 속속들이 승인되고, 유명
벤처 투자사로부터 투자도 받았다. 이음, 직방, 에잇퍼센트 등
스타트업계의 또래 청년들과 교류하며 모르는 분야를 배우는
것도 유익하다. 무엇보다 재미가 있다. 요즘 만나는 지인들은
좋아 보인다든지, 얼굴이 피었다는 말을 내게 한다. 밥벌이 대신
마음이 이끄는 대로 따라온 결과는 상상 이상이다. "거기서
무슨 일 하세요?"라는 질문에 내 일을 딱 한마디로 정의하기
어렵다. 사람 만나고, 프레젠테이션 하고, 문서 작성하고,
페이스북에 콘텐츠도 올린다. 영업직 면접도 보고, 어플리케이션
구현 시뮬레이션을 보며 피드백을 하고 회의를 한다. 영업 교육
커리큘럼도 만든다. 탕비 구역 정리를 하고, 개발자에게

전화 걸어 재촉하기도 한다. 바야흐로 'job'이 아닌 'work'의
시대다. 나의 역량에 불안해하기도 하다가, 저마다 독특한
역할을 수행하고 있다는 생각에 다시 어깨를 편다. 확실히
사회생활에서 얻는 보람과 성취는 가정에서의 그것과 결이
다르다. 여기서 내게 붙는 각종 수식어는 없다. 그냥 박시현이다.

　물론, 엄마이자 아내라는 역할이 부과되던 그때에도 그
자리에서의 재미가 있었다. 월요일에는 독서 동아리를 운영하고,
수요일에는 또래 엄마들과 부모 스터디를 했다. 도서관 강의를
들으러 다니고, 카페 그리티어 숲에 가서 사장님과 함께 차를
마셨다. 가끔 괜찮은 시골집이 나왔다는 매물 정보가 들어오면
카페 사장님이랑 집 구경을 갔다. 부모 교육 스터디 멤버들과
집들이도 돌아가며 하고, 가끔은 집에 모여 술도 한잔했다.
어느 날, 아이를 등원시킨 후 생크림 오믈렛과 커피 한 잔을
마시며 창밖을 바라보는데 문득 이런 생각이 들었다. '이건 마치
은퇴한 노년 생활 같잖아?' 도시에서 바삐 사는 사람들은 은퇴
후 한적한 시골로 내려가서 취미 생활 하며 유유자적 살고
싶다 하지 않는가. 바로 내 생활이었다! 작은 읍 단위 생활에
도시에서 들어온 엄마들이 종종 답답함과 우울감을 호소했지만,

내겐 꽤 잘 맞았다. 책 읽고 글 쓰는 삶은 충만했다. 오히려 점점 더 구석으로 숨어들고 싶어서 시골마을 빈집 구경을 다니곤 했다. 심플하고 단순한 삶은 내게 선물을 주었다. 한 권 두 권, 책을 쓰기 시작했다. 초등학교 때부터 적어냈던 작가라는 장래희망이, "내년에는 진짜 책 낼 거야!" 스무 살부터 한 해의 끝자락에서 외치던 바람이, 근 20년 만에 이루어졌다. 내 옆에는 남편과 아들이 있었다.

차근차근 작가로, 강연가로 자리 잡아서 시간과 공간에 제약 없이 일하고 싶었다. 주 3일 일하는 노마드족. 자유로운 프리랜서 생활을 5년 넘게 하다 보니 그전엔 어떻게 직장 생활을 했는지 나조차도 미스터리였다. 그런데, 이렇게 출퇴근하는 회사원이 다시 될 줄이야! 비단 나만의 상황이 아니다. 이 회사를 창업한 친구 K는 공중파 방송국 PD였다. 그가 퇴사한 이유는 시간을 자유롭게 쓰고 싶어서였다. 이 회사에 마케터로 합류한 친구 S는 대기업 광고 대행사 기획자였다. 그의 퇴사 이유는 야근이 너무 싫어서였다. 그런데 지금 어떠한가. 대표 K는 정부 기관, 공공 기관, 투자 기관에 하루가 멀다 하고 불려 다니고, 각종 보고서에, 사업 계획서에, 문서 작업하느라 시간을 다 보낸다.

마케터 S는 분명 마케터로 들어온 건데 그의 디자인 감각
덕분에 '야매' 디자이너가 되었다. 지박령처럼 한 자리에
앉아서 어플리케이션 디자인, 명함, 리플릿은 물론이고 발표용
파워포인트까지 만드느라 야근 풀가동이다. 하지만 우리 중 그
누구도 불평하지 않는다. 재미있기 때문이다. 내가 가장 잘할 수
있는 일을 스스로 찾아서 하는 것, 이는 결혼하기 전에는 결코
몰랐던 노동의 즐거움이다.

한 공공 기관에서 개최한 창업 공모전에서 최종 여덟 팀에
들었을 때다. 촉박한 일정에 모두가 일주일 동안 새벽 2, 3시에
퇴근했다. 기획에, 파워포인트 디자인에, 사업 아이템에, 모든
것이 완벽했다. 문제는 프레젠터를 맡은 나의 발표였다. 내가
하고 싶은 말을 내 강의에서 자유롭게 하던 나는 이제, 어떠한
목적을 위해 그들을 위한 언어로 말해야 했다. 강의와 사업용
프레젠테이션은 완전히 달랐다. 강의가 홈그라운드라면, 사업용
프레젠테이션은 원정 경기였다. 그것도 경쟁자를 물리쳐야
하는 정글 리그. 동료들이 밤낮으로 고생해서 짠 판이 내게
달려 있었다. 넓디넓은 골문 앞에 혼자 서 있는 느낌이었다.
저 공을 막지 못하면 망하는 경기. 프레젠테이션의 압박은

날로 심해졌다. 급기야 부담감을 이기지 못하고 회식 자리에서
울어버렸다. 민폐 끼치면 안 된다는 생각에 다음날부터
연습하고 또 연습했다. 사람이 있든 없든 입 밖으로 중얼댔다.
드디어 본선일, 막상 당일 아침이 되자 편안했다. 떨리지도
두렵지도 않았다. 심정을 묻는 친구들에게 "아무 생각 없다"라고
했다. 여덟 팀 중 네 번째가 우리 팀이었다. 앞선 팀들의
프레젠테이션 모습을 바라보는데 담담했다. 드디어 내 차례.
15분 프레젠테이션이 끝나고 가장 걱정했던 15분 질의응답
시간도 잘 끝냈다. 결과는 최우수상, 2등이었다. 강의와는 또
다른 희열과 성취감, 자기 효능감에 동료들 인정까지! 그날
우리는 코가 삐뚤어지도록 축하주를 마시고 첫눈을 함께
맞았다.

　편안하게 흘러가던 가족과의 생활도, 숨 가쁘게 달려가는
사회에서의 생활도, 모두 내 모습이었다. 어떤 이는 "시골에
처박혀 있다가 서울로 오니까 좋지?"라고 하지만, 더 좋은 건
없다. 이것도 좋고, 저것도 좋다. 모두 내 영혼이 좋아하는
자리이다. 다만 이런 건 있다. 육아는 일의 호흡이 뚝뚝
끊어지게 만들었다. 강의 교안을 만들거나 글을 쓸 때, 남편

혹은 아이로 인해 흐름이 끊겼다. 내 일은 모든 가정일에서 순위가 밀려났다. 아이를 재운 후에야 교안을 만들다 보면 새벽 3, 4시였다. 강의 의뢰가 들어와도 남편과 아이 일정에 맞추어야 했다. 남편이 아이 등·하원을 해줄 수 없는 경우, 몇 박 며칠 다른 지역에 가야 할 경우, 긴 시간 매여 있어야 할 경우에는 수락할 수 없었다. 그러다 보니 '일'이라는 개념보다 '활동'이라는 느낌에 가까웠다. 하지만 그것도 좋았다. 결혼한 여성이 할 수 있는 일 중 최고는 프리랜서 강사라고 생각했다. 시간이 비교적 자유롭고, 일하는 시간에 비해 수입이 괜찮았으니까.

그런데 휴혼 후, 남편과 아이에게서 떨어져 나와 독립된 개체로 일을 하니, 이건 또 완전히 다른 세계였다. 어떠한 방해나 흐름이 끊기는 일 없이 오롯이 일에 집중할 수 있었다. 성과가 좋았다. 가족과 함께 있을 땐 며칠에 걸쳐서 해야 하던 일이 하루 만에 끝났다. 야근도, 회식도 자유로웠다. 미혼일 땐 미처 몰랐던 근무 환경도, 결혼 생활을 한 번 거치고 나니 비로소 그 소중함을 알게 되었다. 시간을 자유롭게, 내 마음대로 쓸 수 있다는 건 대단한 기적이었다. 이 평범한 진리를 미혼인 그녀들은 모를 것이다. 그리고 이 거대한 진리를 결혼한 그녀들은 알 것이다.

　부모 교육 스터디에서 나온 이야기다. 스터디 멤버 H 언니는 부유한 어느 동네에서 프랜차이즈 빵집을 운영한 적이 있다. 아르바이트 구인 공고를 내니 동네 아줌마들이 찾아왔다. 고용했다. 그런데, 아르바이트하러 오는 아줌마가 벤츠를 타고 온다. 또 어떤 아르바이트생은 요트가 있다. 고용주와 아르바이트생의 관념적 이미지가 뒤바뀐 그때의 경험이 강렬했다. 그럼에도 본인은 '얼굴 팔릴까 봐' 동네 아르바이트 구인 공고에 지원하지 못하겠다고 한다. 영어 공부방을 운영하다가 둘째 출산으로 잠깐 쉬고 있는 S 언니가 말한다. "그런데 나도, 둘째 키워놓고 일을 하고 싶은데 일할 수 있는 곳이 마트뿐이라면 슬플 것 같긴 해." 잠자코 듣던 육아휴직 중인 초등학교 교사 E 언니가 그런다. "파리바게트 그 동네도, 저 여자가 그 정도 재력을 갖고 있는 걸 아니까 그러려니 하는 것 아닐까요? 그건 누가 봐도 돈을 벌기 위해서가 아니잖아요." 기자 출신 Y 언니가 소설 《82년생 김지영》 이야기를 꺼낸다. "주인공이 아이스크림 가게 알바 공고를 보고 들어가. 업무에 대해 물어보니 어려운 건 없고 아이스크림 푸는 기술만 익히면 된다고 거기 있던 아르바이트생이 대답해. 4대 보험 되느냐는 주인공 질문에 그건 안 된다고 하지. 실망하여 돌아서는 주인공 뒤에서 아르바이트생이 말해. '저기요, 저도 대학 나왔어요.'" 이 이야기를 듣는 순간 나도 모르게 몸서리쳤다. 너무나 잔인한 극 사실주의다. 동네 파트타이머 아줌마들도 사실 나였다. 당장 내 눈 앞에 앉아 있는 엄마들만 봐도 명문대 음대 출신에, 청와대 출입 기자 출신에, 교사들 아닌가. 내가 다시 풀타임 일터로 나갈 수 있었던 이유는 그녀들보다 능력이 더 뛰어나서가 아니다. 잠시나마 육아라는 과업에서 **빌출하였기 때문**이다.

　미혼일 때의 일과 엄마일 때의 일은 완전히 다르게 다가온다. 매일 출퇴근할 수 있는 곳이 있다는 것 자체가 감사하다. 10여 년의 직장 및 사회생활에 나도 모르는 새 내공이 쌓였다는 사실도 신기하다. 나는 스물네 살의 신입사원 그대로 머물러 있는 줄 알았는데 나도 나름의 '짬밥'을 먹고 커 있었다. 증권사, 교육부서, 세일즈, 강사, 작가, 결혼, 주부, 육아 이 모든 것은 따로 떨어져 있는 경험이 아니었다. 유기적으로 통합된다는 걸 깨달았다. 또한, 남편은 일 끝나고 피곤한데도 왜 날마다 술을 마시는지(열심히 일했을수록 술이 당긴다!), 술자리에서 뭘 먹었을

텐데 집에 와서 왜 또 밥을 먹는 건지(술 마시면 속이 허하다!),
결혼 전엔 꼬박꼬박 하던 운동을 왜 요즘 안 하는지(운동은커녕
씻을 힘도 없다!) 가장의 삶을 조금이나마 체험하는 중이다.

예전에 '사회적 동물'이라는 단어는 있어도 '가정적 동물'이라는
단어는 왜 없는지 궁금해한 적이 있다. 내 의견이 반영되고
동료들과 치열하게 토론하고 함께 합작품을 만들어내는
사회생활은 피곤하지만 확실히 그만한 매력이 있다. 직장 생활을
하지 않았으면 결코 몰랐을 그림자 같은 커리어처럼, 주부
생활을 하지 않았으면 결코 몰랐을 일의 즐거움이리라. 사회에
지친 이들은 가정에서 쉬고 싶을 것이고, 가정에 지친 이들은
사회를 그리워할 것이다. 어쨌든 우리는, 어둠을 알아야 빛을
안다. 그리고, 어둠 속에만 보이는 것도 있다. 낮과 밤을 합쳐
하루라고 하듯, 모든 경험은 통합된다.

"

한 부모
반 부모

"

　5일 만에 아이를 만날 때마다 깜짝깜짝 놀란다. 갈수록
또렷해지는 발음과 "이런 말도 알아?"란 반응이 절로 나오는
아이의 어휘력이 새삼스럽다. 제 아이의 말은 제 엄마만
알아듣는다. 혀 짧은 아이의 말을 알아듣지 못해 결국 아이를
울리고 마는 '이모', '삼촌'들이 한둘인가. "엄마, 암 먹고
싶어"라는 아이의 말을 "응, 그래 아이스크림 먹고 싶어?"
찰떡같이 알아듣는 나의 커뮤니케이션 능력에 그들은 놀람을
표한다. "그걸 어떻게 알아들어?"

　핏줄로 연결된 친정에서도 비슷한 일이 벌어진다. 아이는
계속 뭔가를 요구하는데 와, 이건 아무리 귀를 기울여도 진짜
모르겠는 거다. 친정엄마와 외할머니는 나름의 추측으로 "배

주스 먹고 싶다고?" "아아, 사과 주스?" "놀이터?" 몇 가지 카드를
내놨지만 모두 꽝. 이 과정을 몇 번 거치다 보니 결국 아이는
답답함에 울음을 터트리고 만다. 도저히 알 길 없는 어른들은
만국의 공통어 "아, 그거? 그거 하고 싶구나?"라고 마무리 지으려
했지만 아이의 서러움만 키울 뿐이었다. 네 음절 중 앞 두 음절인
'배털'이 도대체 무엇인가, 아이의 행적을 되짚으며 추리를 해
나가던 나는 순간! 유레카를 외치며 아이에게 달려갔다.

"꽃사슴아! 백설공주! 백설공주 보고 싶다고?"

친정엄마와 외할머니는 '배털응쥬'가 어떻게 '백설공주'로
귀결되는지 혼란스러운 표정일 뿐.
그도 그럴 것이 엄마와 자식 사이에는 수많은 언어적, 비언어적
시간이 축적된다. 똑같은 '할머니'도 우리 아이는 '함니'라고
하지만 어떤 아이는 '하모니', 어떤 아이는 '함므니'라고 말한다.
급식 먹는 중·고등학생들이 주로 쓰는 언어를 '급식체'라고
한다던가? 영·유아 언어인 '분유체'도 있다. 그야말로 제삼 언어
대잔치다. 그 안에서 제 아이의 요구를 재깍 알아듣는 존재는

그 아이의 주양육자뿐이다. 어떠한 인물, 사물을 지칭하는 내 아이만의 언어(진짜로 '저만의 언어')가 있기 때문이다. 이는 다른 말로, 아이와의 밀도 높은 시간이 있는 존재만이 제 아이의 외계어를 알아들을 수 있다는 뜻이기도 하다. 이를 아는 남편은 내게 넌지시 말해준다.

"요즘 꽃사슴이 〈토이 스토리〉를 좋아해. 그런데 〈토이 스토리〉라고 안 하고 '바다 이야기'라고 하니까 참고해." 아빠와 아이 사이의 언어를 내가 훔친다.

아이와 떨어져 있는 5일, 그 5일 동안 아이의 우주는 얼마나 또 변했을까. 불과 지난 주말에 "안냐쩨여" 하던 아이가 이번 주엔 "안녕하세요" 또박또박 말을 하면, 나는 그야말로 아이를 끌어안고 난리 난다. 동영상을 찍고, 뽀뽀를 하고, 목젖이 다 보이게 웃으며, 몇 번이고 다시 들려달라 한다. 덩달아 빙긋이 웃는 아이의 입에서 나오는 언어가 낯설다. 신기하다. 경이롭다. '이번 주의 단어'는 특히 더 나를 놀라게 했다.

타우나.

'사우나'는 나도 잘 안 쓰는 단어인 데다가, 만 5세 아이가 "타우나 가자"라고 말하는 광경이라니(그리고 내가 저걸 알아먹었다니), 왠지 이질적이다. 녀석의 지난 행적이 눈에 보이는 듯하다. 뜨거운 탕에 들어가면 눈앞이 깜깜해지는 어지럼증 때문에 잘 가지 않는데, 그날 밤 잠이 들 때까지 "타우나는? 타우나 언제 가?" 묻는 아이 덕분에 다음 날 아침부터 분주하다. 김밥 싸서 먹이고, 유부 초밥 도시락 만들고, 목욕 용품 준비하고, 미리 알아둔 놀이방이 있는 찜질방으로 출발! 신난다고 조잘대는 아이 손을 잡고 여탕 입구로 들어가는데 순간 기분이 이상하다.

'이제 같이 목욕탕 들어갈 수 있는 햇수도 올해로 끝이네.'

그동안 제법 친할머니랑 사우나를 다녔는지 위풍당당하게 목욕탕에 들어서는 모습이 웃기다. 대중목욕탕에 갔을 때 살색 향연을 보고 들어가기 싫다고 울던 처음 그날, 등에 부항 자국 가득한 아주머니를 보고 내게 달라붙어 안 떨어지던 또 다른 날, 아기 원숭이처럼 내 가슴팍에 꼭 안겨 탕에 입수하던 또 다른 날이 아련하다. 입식 샤워기 앞에 가만 서서 등에 떨어지는 물줄기를 하염없이 맞고 있는 아이 모습을 눈에 담는다.

한 부모 가정의 고충을 건너 들은 적이 있다. 성별이 다른, 예컨대, 딸 키우는 아빠, 아들 키우는 엄마의 이야기가 기억에 남는다. 유치원생 딸의 머리를 예쁘게 묶어주지 못하는 아빠,

온몸으로 놀아줘야 하는 아들 둘의 욕구를 채워주지 못하는
엄마. 이러한 일상의 고충은 너무나 일상적이어서 비일상적으로
크게 다가온다. 본인과 성별이 다른 양육자를 둔 어린 자녀는
수영장이나 대중목욕탕에는 가지 못한다. 성인의 도움을 받아야
하는 아홉 살 이하의 아동, 혼자 모든 걸 해결하기엔 아이의
힘도 부치지만 그 환경이 너무 위험하다. 성별이 다르다는
이유만으로 아이를 직접 보살필 수 없는 상황에 처한다면, 내
심정은 어떨까. 아니, 성별 운운하는 건 차라리 상황의
특수성으로 그나마, 그나마 마른 울음을 삼킬 수 있다. 혼사, 나
혼자 아이를 키운다면 나는 과연 지금처럼 아이의 모든 몸짓, 말
짓을 마음 놓고 감상할 수 있을까?

　작년 9월 한창 단풍이 예쁜 시기, 경주에서 강의가 있었다.
여러 가지 상황상 아이를 데리고 강의를 가야 했다. 다행히 학교
측에선 이해를 해주셨고, 부산에 사는 친동생에게 지원 요청을
했다. 덕분에 첫째 날 배정된 저녁 6시부터 9시까지의 강의를 잘
마쳤다. 숙소까지 제공해준 학교 측은 행여나 내가 미안해할까
봐 "선생님, 이번 주제가 여대생을 대상으로 하는 '일과 가정의

양립'이잖아요. 여기가 바로 그 현장이죠!"라는 말로 끝없는
배려를 해주셨다. 어찌어찌 1박 2일 동안의 일정이 마무리될
시점, 아이를 데리고 조용히 강의장 뒤편에 앉았다. 갑자기
나타난 아기의 등장에 학생들이 예뻐해준 것까지도 고마웠다.
자신에 우호적인 분위기에 들뜬 것일까, 친구 Y가 마무리 사회를
보는 중, 아이가 갑자기 강의장 앞쪽으로 난입하고 말았다. 평소
본인을 예뻐하는 '이모'에게 다가가 손을 잡았고, Y는 당황한
듯 보였다. 아이를 잽싸게 채온 나는 순간 더워지면서 얼굴로
열이 올랐다. 아이를 강의장 밖 휴게실로 데리고 와 무섭게 화를
냈다. 아이는 울음을 터트렸고, 나는 씩씩대며 숨을 골랐다.
아이는 한참을 울다가 그대로 잠이 들어버렸다. 잠든 아이를
놔둔 채 나는 다시 강의장으로 들어갔다. 아이의 행방을 묻는
이들에게 "휴게실에서 잠들었어요" 어색한 웃음을 지었다. 무언가
속상하고 자존심도 상하고 낯 뜨겁기도 한 복잡 미묘한 심정.
그때 사회자인 Y가 갑자기 퀴즈를 냈다.

"자, 1박 2일 동안 강의해주신 강사님들 이름을 전부 맞춘
조에게 선물을 드리겠습니다!"

순간 당황했다. 이번에 내가 맡은 강의는 '스트링 아트'라는

공예 수업이었다. 1시간 동안 한 그룹씩 총 세 그룹을 맞느라
시간이 촉박했다. 내 소개를 할 시간도 없이 폭풍 같은 만들기
수업을 해야 했다. 아이들이 내 이름을 알 리 만무했다. 얼른
사회자에게 이 상황을 전달했다. "제 이름을 아이들이 몰라요!
소개를 못했어요."

Y는 마이크에 대고 말했다.

"네, 보셨죠? 엄마는 이렇게 자신의 이름을 지키기
힘듭니다. 여러분은 결혼을 하고 아이를 낳아도 자기 이름을
잊어버리지 마세요."

순간, 끈이 툭, 끊어졌다. 그래, 처음 느껴보는 이 감정이 무언지
알겠다. 강사로서만 서고 싶은데 '엄마'라는 이름을 일터까지
끌고 와야 했고, 아이 뒤를 쫓아다니는 모습을 이 모든
사람들에게 보여주어야 했다. 일과 가정의 양립이 이토록 어렵다,
'수퍼 우먼'이 되어 잘해내고 있다는 메시지보다 안절부절,
노심초사하는 한 '아줌마'로서의 초라함이 내게 먼저 다가왔다.
혼나지 않아도 될 아이가 '공적인 자리'에서 엄마를 창피하게

했다는 이유만으로 호되게 혼나 바깥에서 울다 잠들었다.
프로페셔널은커녕, 그냥 한 애 엄마의 고군분투기를 생방송한
심정이었다. 무엇보다도 '내 이름'을 지키고 싶던 나라서, 그래서
'휴혼'을 결정하고 이 자리에 있는 건데, '자신의 이름을 잊은
아줌마'로 공언되었다. '도대체 지금 난 뭘 하고 있는 거지?'

　Y는 아무 잘못이 없다. 약해진 내 마음이 상황을 왜곡해서
받아들이는 거겠지. 하지만 난 그녀를 볼 수가 없었다. 결국
인사도 없이 아이를 데리고 경주를 떠났다. 올라가는 차 안,
어찌나 울음이 나오는지 꺽꺽 대며 한참을 울었다. 이대로
집으로 돌아가긴 싫어 대구 아는 언니 집에 들렀고, 그 집에서도
한참을 울다가 마신 소주를 다 게워내고 기절하듯 잠들었다.

　그날 느낀 감정은 엉뚱한 자리에서 또 찾아왔다. 작년에는
휴혼이 막 결정된 시점이라 그랬거니 했는데, 뒤늦게 별로인 그
감정을 또다시 만날 줄이야.

　1월 마지막 주, 새해맞이 가족 동반 모임이 잡혔다. 나는
아이를 데리고 그 자리에 참석했다. 휴혼 후 친구들을 다 같이
보는 자리는 처음인지라 많이 기대됐다. 많이 얘기하고 많이
웃다 와야지. 낯선 집, 새로운 장난감을 본 아이는 계속하여

나를 불렀고 나는 아이에게 왔다 갔다 하느라 자리에 집중할
수가 없었다. 그 와중에 아이는 자동차 게임을 더 하겠노라 떼를
쓰다가 울고 말았다. 왜인지 둘이 있을 때보다 더 무섭게 혼을
냈다. 아이가 울음을 그쳤고 다시 밖으로 나와 보니 1차가 파한
분위기다. 각자 텔레비전을 보거나 휴대폰을 보거나. 빨리 소주
한잔하면서 이야기하고 싶은데. 거실엔 앉을 곳도 없다. 주방
벤치에 걸터앉아 나도 하릴없이 스마트폰을 들여다보았다.

  '내가 지금 여기서 뭐하는 거지.'

  약 1시간 뒤 2차가 시작되었다. 친구들이 별 뜻 없이 한 하두
마디 말에 갑자기 속울음이 울컥 올라온다. 나 때문에 따라간
곳에서 왠지 천덕꾸러기 취급받는 아이, 나도 모르게 자꾸
아이를 방어하게 되는 피로와 외로움. 경주 때 그놈이다.
불청객이 물 폭탄처럼 심장에 심어졌다. 심지어 친구들은 나를
챙기고 걱정해서 하는 말이었을 텐데 내게는 오류로 입력된다.
누군가 건들기만 해도 왁, 울음이 터질 것 같다. 누가 눈치를
주는 것도, 힐난을 하는 것도 아닌데 또 내 마음이 저 혼자
쪼그라든다.

  다음 날 집으로 돌아오는 길, 아이를 남편에게 예정보다

하루 빨리 보내버렸다. 그냥 혼자 있고 싶었다. 집에 돌아와 깊은 잠에 빠졌다. 눈을 뜨니 밤 12시. 한 친구에게서 두 통의 전화가 와 있다. 술자리에서 내내 내 안색을 살피던 친구. 부재 중 통화 목록을 보는 순간 왈칵 눈물이 터졌다. 그렇게 또 혼자 소리 내어 우는 밤이 지나간다. 전적으로 홀로 아이를 키우는 엄마들은 얼마나 많은 울음을 삼키는 것일까.

엄마 없는, 혹은 아빠 없는 한 부모 가정은 왜 '한' 부모라 불려야 하는가. 그들에겐 한쪽도 반쪽도 아닌 온전한 100퍼센트일지도 모르는데 세상이 그들을 반쪽으로 만든다. '여성 친화적 기업' 교육을 듣고 "너는 애랑 같이 워크샵도 왔잖아" 장난스레 웃은 회사 친구의 말에 따라 웃지 못한 내가 나를 바라본다. 어쩌면 '한 부모'의 고충은 상황도, 세상의 시선도 아닌 제멋대로 털썩 털썩 약해져버리는 내 마음일지 모른다.

> **"**

삶으로
떠오르기

> **"**

대전으로 간 지 두 달 만에 충북으로 돌아왔다. 조금이라도
아이와 더 가까워지기 위해서였다. 계약 만기 전 이사라
집주인은 두 달치 월세를 내고 나가라고 했고, 나는 그러지
않기 위해 다음 세입자를 구하려고 진땀을 뺐다. 방을 보러 온
동갑내기 남자에게 이사비 지원을 약속한 후에야 겨우 방이
나갔다.

이삿날인 금요일엔 강의가 두 건이 있던 터라 이사를 직접 할
수도 없었다. 친절한 이삿짐 아저씨는 걱정 말라며, 그날 아내
불러서 짐 싸고 짐 풀면 된다고, 둘이 하면 금방이라며 나를
안심시켰다. 그렇게 이삿짐 아저씨 얼굴은 단 한 번도 보지 못한
채 이사를 완료했다. 강의가 끝난 저녁, 남편 집에서 아이를

데리고 나와 부랴부랴 새로운 집으로 가봤다. 현관문을 여니 첫눈에 나를 사로잡았던 집이 그 모습 그대로 나를 맞는다. 어스름한 어둠 속, 제자리 얌전히 놓여 있는 박스들이 보인다. 신발 박스는 신발장 옆, 주방 용품과 그릇 박스는 주방 한 구석, 책이 들어 있는 박스는 책장 앞. 신경 써서 정리해주신 이삿짐 아저씨 내외의 마음이 나를 두드린다. 감사하다고 메시지를 보냈다.

새로 이사한 집은 아이와 불과 15분 거리다. 통베란다가 있는 탁 트인 남향 아파트를 운 좋게 만났지만, 덥석 계약할 수가 없었다. 아파트인지라 대전 원룸과 달리 옵션으로 구비된 가전이 전혀 없는 게 문제였다. 보증금도 마음에 걸렸다. 주인아주머니는 "보증금을 백만 원 받아본 적은 없는데" 하시면서도 흔쾌히 조절해주셨다. 그러면서 "듣자 하니 내 사정이 나아 보이는데 앞으로 돈 드는 거 있으면 말해요" 하시며 세탁기와 냉장고, 가스레인지를 새 것으로 넣어주셨다. 이 집과는 그렇게 인연이 되었다, 거짓말처럼.

'삶터' 역시 저마다 맞는 궁합이 있는 듯하다. 도시를 떠나

충북으로 돌아오니 그렇게 마음이 편할 수 없다. 부산과
서울에서 어떻게 30년을 살았을까 의아할 정도이다. 백화점도,
영화관도, 대형 마트도 없는 이곳. 꽃사슴은 만으로 네 살이 될
때까지 지하철을 한 번도 본 적이 없다. 어쩌면 지하철이라는
존재 자체를 아예 몰랐을 것이다. 그렇지 않고서야 만 4세
여름, 처음 타본 지하철에서 무섭다고 울고불고 하진 않았을
테니. 서울 아이들은 '타요 버스'도 직접 타본다는데, 꽃사슴은
털털거리는 시골 버스만 본다.

　기차역도 없다. 시외버스는 있지만 노선이 다양하지 못하다.
부산 친정까지 가려면 대중교통으로는 답이 없다. 매번 3시간
30분을 운전해서 가는 이유가 다 있다. 내가 좋아하는 '처갓집
양념 통닭'을 먹으려면 차를 타고 읍내로 나가야 한다. 그냥
뭐든 그렇다. 도서관도, 재래시장도, 마트도 다 이런 식이다.
차가 없으면 생활이 불편한 '아메리칸 스타일'이라 할 수 있다.
남편은 가끔 자랑을 해댔다. "회사 사람들이 나보고 서울
사람처럼 생겼대." 이 말이 얼마나 웃긴 말인지 본인은 모른다.
그는 진짜 서울 사람이니까. 읍내 병원 간호사의 "여기 사람 안
같아요"라는 말에 나는 헤헤 웃는다. '여기 사람'이라는 의미가

어떤 건지 말로 표현할 수 없지만 그런 게 있다. 딱히 특출 난 것도, 유명한 것도, 빼어난 것도 없는 충청도이니까. 서울의 거대함도, 부산의 화려함도, 강원도의 산세도, 전라도의 음식도 없는, 내륙 중 가장 작은 지역 충청도. 충청도에는 아무것도 없고, 많은 것이 있다.

주말, 이사 기념으로 짜장면을 먹기 위해 아이와 함께 읍내로 나왔다. 맛있다고 소문난 중국집을 찾아가니 중국 동포들로 이미 가게가 꽉 찼다 곁눈질로. 보니 대부분의 손님이 큼지막한 고기가 들어있는 탕을 먹고 있다. 주인아주머니께 "저게 뭐예요?" 물으니 웃음기 스민 서투른 발음으로 "못 먹어요"라고 하신다. 한국인 입맛에는 안 맞나 보다. 계획대로 짜장면을 먹고 잠깐 골목길을 걸었다. 1980년대에 머무른 듯한 읍내를 둘러보니 마치 여행객이 된 기분이다. 낡은 담벼락 뒤, 오래된 기왓장이 위태롭게 앉은 지붕이 눈에 들어온다. 새끼 고양이 세 마리가 지붕 위를 뛰어다니다가 인기척 소리에 기왓장 사이로 우다다 숨는다. 꽃사슴과 기왓장 지붕을 향해 "야옹", "야아옹" 한참을 고양이처럼 울어대다 발걸음을 돌렸다. 감나무의 앙상한

가지에 겨우 달려 있는 감 두 개를 새 한 마리가 나뭇가지에
앉은 채 쪼아 먹고 있다. 새파란 하늘에 그림처럼 뻗어 있는
앙상히 마른 나뭇가지, 그 끝에 달린 주황색 감 두 개가
그림처럼 어울려 사진을 찍었다. 다시 삶으로 떠오른다.

> "
금요일의
배신
> "

주말이 붕 떴다. 남편이 아이와 주말여행을 간 덕이다. 친구의 표현을 빌리자면, 토요일까지 '자유'다. 갑자기 넘쳐흐르는 시간 폭포를 어찌해야 할지 모른 채 금요일을 맞아버렸다.

평소대로라면 오후 6, 7시경 부랴부랴 사무실을 빠져나와 지하철을 탈 것이다. 1시간 후 동서울터미널에 도착할 것이고, 또 1시간 후 충북 대소 터미널에서 내릴 것이다. 15분가량 차를 몰아 남편 집으로 향하고, 도착하기 5분 전 전화를 걸 것이다. 약 10분 후, 양팔 벌려 아이를 꼭 끌어안고 남편과 몇 마디 나누고는 아이를 차에 태울 것이다. 주말 동안 먹을 음식을 사기 위해 마트로 갈 것이다. 반찬 몇 개와 아이 간식거리를 산 후, 나의 집으로 향할 것이다. 얼른 침대 전기장판을 틀어

아이를 이불 속에 넣어두곤 보일러를 켤 것이다. 둘 다 편한
옷으로 갈아입고, 아이와 함께 '치과 게임'도 하고, '미용실
게임'도 할 것이다. 얼마간의 각자의 시간을 보내다 함께 양치를
하고 불을 끄고 스탠드를 밝힐 것이다. 아이에게 읽고 싶은
책을 골라 오라고 한 뒤, 꼭 붙은 채 아이에게 책을 읽어줄
것이다. 《아이스크림을 좋아한 늑대》를 읽다가 아이스크림
공장장이 나오면 아이는 그림을 가리키며 "아이호- 아이호-
집으로 가자" 〈백설공주〉 삽입곡을 부를 것이다. 대여섯 번은
들었을 그 대목에서 나는 또 "그러게, 난쟁이 아저씨 닮았다,
그치?"라고 호응할 것이다. 마지막 책의 책장을 덮으면 나는
스탠드 불을 끌 것이고, 아이는 제자리를 찾아 바로 누울
것이다. 종알종알 떠들어대던 아이의 목소리는 어느 순간
잦아들 것이고 아이의 깊은 숨소리만 들릴 것이다. 그렇게
금요일의 꼬리가 차차 짧아질 것이다.

　마치 짜인 각본대로 반복되던 금요일이 이번 주에는
부재하다니, 처음에는 무언가 텅 빈 기분이었다. 집에 내려가서
혼자 책이나 읽어야지, 했던 계획은 금요일 당일이 되자
날아갔다. 같이 일하는 친구 둘을 꼬드겨 술친구로 소환했다.

회사 이야기, 일 이야기, 인생 이야기를 하다 보니 어느덧 3차다.
친구 하나는 속을 게워내버렸고, 데리고 온 강아지를 친구 집에
잠깐 놔두고 온 다른 친구는 계속 "만두 보고 싶다", "만두가
너무 보고 싶다"라고 한다. 겨우 6시간 지났을 뿐인데. 나는 속을
게워내지도, 아이가 보고 싶다고 하지도 않았다. 그냥 이 순간도
좋다.

　다음 날 눈을 떠보니 오후 1시. 너무 많이 자서 머리가 아플
지경이다. 집에 빨리 가봐야 할 일도 없으니 친구 집에 누워
빈둥거린다. 일어나지도, 씻지도, 먹지도 않은 채 '아무것도 하지
않을 권리'를 누린다. 어느덧 오후 6시. '그냥 내일 아침에 갈까'
싶다가 어제 인헌시장에서 산 아이 수면 잠옷이 떠오른다.
오늘 가서 빨래를 해놔야 내일 아이가 집에 왔을 때 입힐 수
있다. 보드라운 것이면 뭐든지 좋아하는 아이. 내일 이 잠옷을
보여주면 얼마나 좋아할까! 그렇게 16시간 만에 몸을 일으켰다.

　대소에 도착하니 오후 8시. 서둘러 밥집부터 찾았다. 약
1시간 전 들것에 실려 병원에 갈 뻔했기 때문이다. 종일
아무것도 먹지 않아서인지 버스 시간을 맞추기 위해 지하철역

계단을 뛰어올라가다 몸에 이상을 느꼈다. 약 4년 전, 출근길 지하철 안에서 쓰러졌을 때의 그 느낌이었다. 숨이 턱 막히고 머리끝에서부터 차가운 기운이 퍼져나가다가 정신을 잃은 그날. 저혈압 쇼크다. 자꾸만 가빠지는 호흡을 잡기 위해 애쓴다. 심장이 제멋대로 날뛰는 것 같다. 목이 졸리는 듯한 느낌에 자꾸만 니트 목 부분을 잡아 내린다. 한 걸음 한 걸음 걸을 때마다 정신 줄이 조금씩 빠져나가는 것 같다. 눈앞이 흐릿해지며 고장 난 흑백텔레비전처럼 지지직거린다. 시계를 보니 버스 출발 3분 전. 거의 제정신이 아닌 상태로 표를 발권하고 승강장으로 걷는데 차라리 그냥 쓰러지는 게 편할 듯하다. 여기서 쓰러지면 누군가가 119를 부르겠지? 정신을 잃은 나를 대신해 누군가가 내 가방과 쇼핑백을 챙겨줄까? 그 와중에 갑자기 쓰러져 구급차에 실려간 사람들의 짐의 행방이 궁금하다.

　승강장에 나가 차가운 공기를 마시니 조금 나아지는 것 같더니 결국 주저앉아버렸다. 버스 출발 2분 전. 고개 들 힘도 없어 가까스로 승강장 번호를 확인하니 여기는 8번. 내가 타야 할 곳은 19번. 불과 20미터 거리가 너무나 까마득하다.

저기까지 걸어갈 자신이 없다. 제발 누군가 날 부축해달라고 소리치고 싶다. 쓰러지더라도 버스 안에서 쓰러지자 싶어서 정신이 혼미한 가운데 19번까지 이를 악물고 걸었다. 버스 앞에 서자마자 "머리가 너무 아파" 나도 모르게 신음이 나온다. 계단을 올라가지 못한 채 잠깐 눈을 감고 서 있다가 버스에 올랐다. 뒷자리인 내 좌석까지 갈 힘이 없어서 맨 앞자리에 털썩 주저앉는다. 양 미간을 손으로 꾹 누른 채 눈을 감고 있지만 여전히 숨 쉬기는 어렵고 입 안에서는 왜인지 피 맛이 난다. 4년 전의 익숙한 차가움이 팔과 손가락 끝에 머물러 있는 게 느껴진다. 버스가 출발하는데 불현듯 두려워진다. 버스 안의 갑갑함에 질식되어버릴 것 같다. 기사에게 구급차를 불러달라고 할지, 여기서 그냥 내린다고 할지 갈등이 된다. 순간 가방 안에 일주일 전 친구가 준 이온 음료가 생각난다. 주섬주섬 손으로 가방 안을 뒤진다. 병뚜껑을 따고 한 모금 삼키는데 마치 생명수 같다. 하지만 여전히 머리는 어지럽고, 눈앞은 아득하며, 온몸이 차갑다. 옷이 너무 갑갑하여 전부 벗어버리고 싶은 충동이 계속 든다. 코르셋으로 몸통을 꽉 쪼이는 느낌이다. 만약 여기서 정신을 잃으면 누구에게 연락이 갈까? 서울 외곽으로 여행 떠난 남편이 올까? 아니면 평일 동안 신세를 지고 있는 친구가 올까.
남편은 병원에 누워 있는 나를 보고 분명 이러겠지. "그러게
밥을 잘 챙겨 먹고 다녀야지." 친구는 내 소식을 들으면 착한
아이 콤플렉스가 작동하여 자책할지 모른다. 친구로서 삼시
세끼를 본인이 책임진다고 하겠지. 한동안 눈을 감은 채
심호흡을 한다.

　눈을 떠보니 어느새 대소. 잠이 들었나 보다. 숨 막힘과
어지러움은 가셨다. 팔에 선명히 느껴지던 차가운 기운도 없다.
버스에서 내린다. 걸으면 또 증상이 나타날까 봐 천천히
발걸음을 옮겨본다. 다행히 괜찮다. 평일 동안 야외 주차장에
세워져 있었던 차가운 차 속에 앉아 밥집을 검색한다. 보양식을
먹으려 했는데 결국 당기는 건 칼국수다. 해물 칼국수 1인분과
보리밥을 순식간에 해치웠더니 이제는 빵이 먹고 싶다. "이
와중에 무슨 빵이야!" 소리칠 상상 속의 남편에게 변명한다.
"몸이 먹고 싶은 건 그 영양소가 필요하다는 뜻이래." 식빵
전문점으로 차를 몰아 초코 식빵과 오징어 먹물 식빵을 산다.
집 앞 편의점에 잠시 들러 물과 우유도 산다. 5일 동안 비어
있던 집에 들어오니 공기는 생각보다 따뜻한데 바닥이 제법

차다. 보일러를 틀고 침대 전기장판도 튼다. 전등 대신 스탠드를 밝히고 노트북을 켠다. 빨래를 돌리는 동안 마른빨래를 개서 정리한다. 편한 옷으로 갈아입고 빵과 우유를 챙겨 노트북 앞에 앉는다. 다시 충북으로 이사한 것에 대해 쓸지, 시간의 쓰임에 대해 쓸지, 휴혼 중의 결혼기념일에 대해 쓸지 고민하다가 그냥 손 가는 대로 쓴다. 아이가 없는 금요일은 생각보다 허전하지 않았다. 집에 돌아와 보일러를 켜고, 스탠드를 밝히고, 노트북을 켜는 따위의 동선이 마치 매주 서울서 내려와 이렇게 보낸 것처럼 자연스럽다. 저번 주까지의 금요일이 진짜 존재하던 시간인지 의문스러울 정도로. 노트북을 끄고 따뜻한 이불 속으로 들어간다. 아이 책 대신 내가 읽을 책 몇 권을 고른 채. "아, 좋다!" 나도 모르게 한숨처럼 충만함이 터진다. 불과 두 시간 전 온몸의 온기가 빠져나간 채 새하얗게 질려서 죽을지 모른다는 두려움마저 없었던 시간인 것처럼. 낯선 금요일이 지난날의 익숙한 금요일들을 배신한다. 모성의 배신, 건강의 배신, 일상의 배신.

"

당신의 버튼은
안녕하십니까?

"

월요일 아침, 아이를 등원시키고 나오는 길 전화가 온다.
남편이다. 서로를 할퀴던 전날 밤이 떠오른다. 전화기에 대고
나는 소리를 질렀고, 아이는 옆에서 울었다. 전화를 끊고도
감정을 추스르지 못했다. 모두가 커다란 눈물방울에 갇혔던
어젯밤.

아빠와 주말여행을 다녀온 아이를 일요일 오후에야 만났다.
오후 간식으로 짜장면과 딸기를 먹고, '액체 괴물'을 뱀 삼아
악당 놀이를 했다. 요즘 아이들 사이 '핫 아이템', 흐물거리는
액체 괴물을 던져놓고 "뱀이다! 어떡해, 엄마 무서워!" 한껏
연기를 해대면, 아이는 짐짓 나를 안심시키곤 살금살금 걸어가

액체 괴물을 마구 밟아대는 것이다. 그렇게 몇 번이나 뺨을 물리쳤다. 전날 저혈압 쇼크 때 온 두통 때문에 점차 힘들다.

"엄마 잠깐만 누워 있을게."

아득히 들려오는 소리에 눈꺼풀이 열렸다. 까무룩 잠이 들었나 보다. 아빠와 영상통화 중인 아이 모습이 보인다. 내 휴대폰으로 온 남편 전화를 아이가 받은 것이다. 방 안까지 들어온 햇볕이 어느새 거두어져 있다. 예고 없이 깨진 잠에 멍하다. 중력이 그대로 느껴지는 기분.

"엄마는 뭐해?"

남편의 갑작스러운 호명에 느슨해져 있던 신체가 일제히 긴장했다. 넋 놓고 있던 말단 직원이 부장님 목소리에 화들짝 놀라듯 메마른 성대 사이로 조각난 음성이 새어 나왔다.

"누워 있어."

"뭐라고?"

"누워 있다고."

"밥은?"

시계를 보니 오후 6시 30분.

"짜장면이랑 딸기 먹었어."

"짜장면?"

"응, 애가 먹고 싶대서."

잠시 침묵.

침묵의 의미가 뭔지 알 것 같다. 순간 짜증이 난다. '그건 간식이었고 이제 밥! 먹일 거야.' 부연 설명은 생략했다. 당신도 짜증날 테면 짜증나라 싶다. 남편은 곧바로 아이를 찾는다.

"꽃사슴아, 엄마 싫지? 엄마 집 싫지? 아빠한테 올래?"

뜬금없는 남편 발언에 흐트러진 정신이 모아진다. 나를 더 어이없게 만드는 건 이어진 아이의 대답이었다.

"응."

반격할 새도 없이 밀정의 총에 맞아 쓰러진 듯한 배신감이 확 밀려온다. 부자의 대화는 쉴 새 없이 나를 때렸다.

"그치, 엄마 싫지? 아빠한테 오고 싶지?"

"응."

"지금 아빠가 데리러 갈게."

"뭘 데리러 와!" 나의 뾰족한 외침이 점차 무거워지는 어둠을 가르고 지나간다. "당신이 하는 건 맨날 정답이고, 내가 하는 건 맨날 오답이야?" 사흘 전 일이 떠오르며 순식간에 분노가

치민다.

사흘 전 목요일, 아이와 여행을 가니 여행 다녀온 일요일에
나더러 아이를 데리고 가라고 남편이 그랬다. 어차피 토요일
출발이면 금요일에 내가 데리고 있다가 토요일 아침에
당신에게 데려다주겠다는 내 말에 남편은 대답했다. "주말에
당신한테 갔다 오면 애가 피곤해하고 힘들어하더라고. 컨디션
관리해야 하니까 그냥 내가 데리고 있을게." 이건 또 무슨 봉창
두드리는 소리?

"내가 아이 케어를 잘못한단 말이야?"

"그런 뜻이 아니고, 객관적으로 말하는 거야. 주말에 갔다
오면 다크서클도 내려오고."

하! "다크서클은 당신 닮아서 그런 거잖아! 어렸을 때 사진
보면 당신도 다크서클 있잖아. 그것도 어머님 탓이야, 그럼?"
점점 대화가 유치해진다. 언제나 본인은 완벽하고 나는
어설프다는 그만의 프레임에 또 걸려들고 말았다. "평일에
당신이 아이 데리고 있는 동안 나도 얼마나 입 대고 싶은 게
많은지 알아? 내가 당신 같은 소리 하면 당신은 기분 좋겠어?"
왜 나는 비슷한 포인트에서 늘 말리는 것일까. 그는 나의 '뚜껑

열리는 버튼'을 너무나 잘 알고 있다. 씩씩대며 소리쳤다. "내가 무슨, 애한테 불청객이야?!"

저마다 버튼이 있다. 한 사람을 발끈하게 만드는 말 혹은 행동의 그 지점. 버튼은 감정의 뇌와 곧바로 연결되어 있어 이성의 뇌를 마비시킨다. 자극하면 어김없이 반응한다. 우리는 서로의 버튼을 일부러 누르기도, 무심결에 누르기도 한다. 취소 버튼 따위 없다. 눌리는 순간 뚜껑이 열리며 그냥 폭발이다. 대개 기제는 '상처-방어-공격'이다.

한 달쯤 전 어느 금요일. 공교롭게도 휴혼 중에 결혼기념일을 맞았다. "밥이나 먹을래?" 말할까 말까 몇 번이고 망설이던 나. 그날따라 남편은 내 차가 떠날 때까지 제자리에 한참을 서 있었다. 차가운 가로등 불빛을 맞으며 서 있던 그의 모습이 그림처럼 남았다. 그날 밤 영상통화에서 나는 남편에게 말했다. "오늘이, 우리 결혼기념일이더라고? 스마트워치 꼭 사주고 싶었는데…… 너무 비싸서 못 샀어." 남편은 '허!' 하는 짧은 웃음을 터트렸다. 어이없는 탄식과 같은 웃음에는 울음이 섞여 있었다. 왜인지 눈물이 났다. 우리는 서둘러 전화를

끊었다. 결혼기념일은 그렇게 흘러갔다. 크리스마스가 지나고
연말이 되었다. 그리고 새해를 맞았다. 여러 번 밥 먹을 구실이
있었지만 끝내 그러지 않았다. 그래도 이런 날 밥 한번 먹어야
되지 않느냐며, 왜 남편이랑 밥을 안 먹느냐는 친구 물음에
결혼기념일 풍경이 스쳐 지나갔다. 혀끝에 맴돌던 밥이나
먹자는 말을 결국 삼켜버리고 만 이유, 차에 타기 직전 "내일
초밥집 갈래?" 뱉듯이 토해냈지만 '내일'이 왔음에도 다시
약속을 잡지 않았던 이유. 버튼이 눌릴까 봐. 그리고 누를까 봐.

하지만 어젯밤 결국, 버튼은 눌렸다.

문풍지 없는 나무문이 거센 바람에 마구 덜컥거리듯 안에서
휘몰아치는 찬바람이 입을 통해 마구 불었다. 서로 할 수 있는
최고의 악담을 퍼붓던 중 남편이 전화를 그냥 끊어버렸다.
분함과 자괴감이 뒤섞인 와중에도, 아이에게 드는 서운함이
이루 말할 수 없다. 눈물, 콧물 빼며 우는 아이를 바라보며, 눈물,
콧물 빼며 우는 엄마가 물었다. "진짜 엄마 싫어? 진짜 아빠한테
갈 거야?" 아이는 헐떡이며 겨우 말을 잇는다. "응."

　침대를 박차고 일어나 주방으로 나가 우는 아이를 둔 채
미닫이문을 닫았다. 대체 왜? 네 살 아이에게 배신감 드는
서른네 살 어른의 모습도 혼란스럽고, 이게 엄마가 가질 수
있는 감정인지도 혼란스럽고, 지금 내 행동도, 아이의 대답도
혼란스럽다. 30분 전까지만 해도 평범하던 나의 일상을
흔들어댄 남편의 행동 또한 혼란스럽다. 온갖 나쁜 말이 다
올라온다. 그냥 이혼하고 싶다. 휴혼 직전, 이혼의 기로에 서
있을 때 누군가 그랬다. "너무 걱정 마. 요즘 이혼율이 오십
퍼센트라잖아. 세상이 그러니 꽃사슴이 나중에 학교에 가더라도
반 안에서는 특별한 일이 아닐 거야." 나는 말했다. "이혼율이 몇
프로든, 우리 아이에게는 백 퍼센트잖아."

　문 건너 흐느끼던 아이 울음소리가 들리지 않는다. 문을 열어
보니 바닥에 엎드린 채 잠들었다. 바보, 문 열고 나오면 되는걸.
아이를 안아 올려 침대로 옮기는데 아이가 깼다. 둘이 한동안
침대에 누워 있다가 아이에게 물었다.

　"엄마 진짜 싫어?"

　"아니, 엄마 좋아."

　"아까는 왜 그랬어?"

"엄마 화나면 싫어."

화도 안 냈는데 싫댔잖아, 캐묻고 싶은 걸 관뒀다. 엄마 싫지
않아, 엄마 좋아, 라는 말이 뭣이 그리 중요한지 마음이 그제야
녹는다. 아이가 나에 대한 감정이 어떻든, 엄마는 무조건적인
사랑과 희생을 주는 존재 아니던가? 모성의 민낯 아니, 상처받은
모성을 본 기분이다. 바람이나 쐬러 가자 싶어 외출 준비를 해서
나왔다. 운전하는 내 옆에 앉아 있던 아이가 불쑥 말을 건넨다.

"엄마, 아빠 왜 그러지? 그치?"

나도 모르게 아이 얼굴을 쳐다보았다. 맑다. 의중을 알 수
없지만 육아서에 나오는 '어떤 상황에서도 아빠 흉은 보지
않는다'라는 엄마의 본분을 또 저버렸다. "그러게, 아빠 왜
그러지, 진짜?" 이상하게 속이 풀렸다.

어젯밤 일이 스치며 남편 번호로 울리는 휴대폰을 한참
바라본다. 받을까, 말까. 이차전인가? 심호흡을 한다. 어떤 말을
들어도 최대한 담담하게 받아보자.

"……어."

"어……. 꽃사슴 어린이집 잘 갔어?"

"어, 잘 갔지……."

"……어제 꽃사슴 많이 울었어?"

"……많이 울었지. 나도 많이 울고, 꽃사슴도 많이 울고."

"하…… 미안해, 진짜. 그런 말 하면 안 되는 거였는데……."

어젯밤, 다양한 버전으로 되뇌었던 수많은 레퍼토리가 마구 목구멍으로 올라온다. 이 말, 저 말 서로 나오겠다고 난리 치는 언어들을 다 제쳐뒀다.

"주말엔 그냥 믿고 맡겨줘. 나도 엄마야."

"알았어, 미안해……."

버튼이 깜빡거린다.

"주말에 꽃사슴 데리고 친구들하고 여행 갔잖아. 다들 엄마가 옆에 붙어서 돌보는데 꽃사슴만 엄마 없이 있는 게 너무 마음 아프더라고……. 속상한 마음에 당신에게 퍼붓고 싶었나 봐……."

깜빡거리던 버튼이 꺼졌다. OFF.

저마다 버튼이 있다. 한 사람을 발끈하게 만드는 말 혹은 행동의 그 지점. 버튼은 감정의 뇌와 곧바로 연결되어 있어 이성의 뇌를 마비시킨다. 내 남편처럼 일부러 누르기도, 내

아이처럼 무심결에 누르기도 한다. 취소 버튼 따위 없다. 눌리는
순간 뚜껑이 열리며 그냥 폭발이다. 대개 기제는 '상처-방어-
공격'이다. 컨트롤 타워는 없다. 그 버튼을 잘 아는 사람은
슬프게도 가장 가까운 누군가이다.

"

부부의
밤

"

   날이 추워져서 더 이상 아이와 야외 나들이를 가지 못한다.
장난감도, 텔레비전도 없는 집 안에서만 있기에는 아이가 무료해
보여 2주 연속 키즈 카페에 갔다. 키즈 카페에 간다고 내게
자유시간이 주어지지는 않는다. 안전을 위해 아직 네 살인 아이
뒤를 쫓아다녀야 하는 것도 있지만, 무엇보다 아이가 매 순간
엄마와 놀기를 원하기 때문이다. 평일 5일 동안의 강행군 끝에
만난 지점은 휴식이 아닌 육아. 아이에게 스마트폰을 쥐여주고
잠깐의 토막 잠을 청하는 것 대신 기꺼이 밖으로 나가는 모습,
휴혼 전과 다른 풍경이다.

   함께 살 때 우리는 캠핑을 비롯한 나들이를 자주 갔다.
야외로 가지 않는 주에는 못 다 본 예능 프로그램이나

다큐멘터리를 몰아서 봤다. 하루 종일 침대에 누워 번쩍거리는 화면만 보던 남편과 나. 지난 5일간의 각자의 노동을 보상받기 위한 심리가 존재했다. 나는 나대로 아이 등·하원부터 잠자리까지 책임지던 그림자 노동에 대한 해방을, 남편은 남편대로 하루 빼곡 채운 출퇴근 피로에 대한 충전을 원했을 것이다. 그 공백은 스마트폰이 채워주었다. 해가 질 녘에서야 "우리 너무 집 안에만 있었어"라며 부스스 일어나서는 주섬주섬 마트로 향했다. 오늘은 너무 피곤해서 그때의 유혹과 끊임없이 싸워야 했다. 몸은 자꾸만 뜨끈한 바닥에 누워지고, 겨울 햇살을 맞으며 까무룩 잠이 들 때마다 "엄마, 자?"라는 아이 물음에 눈을 떴다 감았다 반복했다. '스마트폰 줘, 말아?'

결국 가위보다 더 무거운 피로를 옆으로 제치고 일어났다. 뜨거운 물로 샤워를 하니 피로 뭉치들이 열을 뿜으며 살살 녹아내리는 기분이다. "나가자!" 행여나 다시 누울세라 얼른 아이를 앞세우고 집을 나섰다.

일요일의 키즈 카페는 대단했다. 엄마 혹은 아빠와 함께 온 아이들로 바글바글했다. 아빠와 모래 놀이를 하고 있는 한 아이를 보는데 순간 예전의 기억이 스친다. 어떤 주말, 남편과 아이를 놔두고 홀로 볼일을 보러 갔다. 얼마 후 남편에게서 온 메시지. 낯선 장난감을 가지고 노는 아이 사진이다. 돌도 안 된 아이와 남편, 단둘이 키즈 카페에 간 것이다. 조금은 어색한 그 광경에 웃음이 슬며시 나왔다. 그날 저녁 상봉한 내게, 남편은 괜히 우는 목소리로 낮의 일을 일러댄다. "엄마들 사이에 나만 아빠였거든. 애랑 둘이 있는데 괜히 주눅 드는 거야. 아기 옷도 이상하게 후줄근한 것 같고. 진짜 엄마의 빈자리를 느꼈대도?"

열흘간의 냉전을 끝내고 화해 차 충남 장고항으로 캠핑을 간 때도 생각난다. 부둣가에 앉아서 밤바다에 일렁이는 고깃배를 바라보며, 한 잔 두 잔 서로 잔을 주고받았다. 열흘 동안 나는 아이를 데리고 친정으로 가출 아닌 가출을 했더랬다. 그 기간 동안 서로가 느낀 속내를 털어놓았다. 남편 잔을 따라주며 내가 말했다.

"당신 없으니까 뭘 해도 의미가 없더라고."

남편도 입을 연다.

"……나도 아무것도 하기 싫었어."

"진짜, 아무런 의욕이 없더라고."

남편이 나를 보며 말했다.

"매일 지지고 볶아도 서로 옆에 있자."

말을 채 끝내기도 전 남편은 울었다. 나도 울었다. 그러고 얼마
후 우리는, 휴혼을 했다.

"엄마, 엄마!"

아이 목소리에 현실로 돌아온다. 아이와 함께 주방 놀이를
했다. 미끄럼틀도 타고 볼풀에 들어가서 농구도 했다. 그리고
또다시 아이 손에 이끌려 간 편백나무 존. 모래 대신 가로 세로
1센티미터 정도의 작은 편백나무들이 가득 채워져 있다. 그
안에 들어가려는데 이미 놀고 있던 가족이 우리를 바라본다.
엄마와 아빠, 어린 자녀 둘로 이루어진 4인 가족. 구석에 앉아서
아들과 칩을 삽으로 펐다가 버렸다가 반복하는데, 자꾸

옆에 앉은 가족이 눈에 들어온다. 그 모습에서 우리를 본다.
어디부터일까, 어디서부터 잘못된 걸까?

　아이가 돌 무렵까지 아이는 아이 방에, 부부는 부부 방에서
따로 잤다. 부부는 같은 침대에서 자야 한다는 나의 신념
때문이었다. 아이를 재우고 까치발로 살금살금 걸어서 안방
문을 열면 침대에 누워 텔레비전을 보던 남편이 어서 오라고
손짓을 했다. 침대로 미끄러져 들어가 남편 팔베개를 하고 함께
텔레비전을 보다가 잠들었다. 아이가 점점 크면서 엄마, 아빠와
떨어지려 하지 않았다. 킹사이즈 침대에 세 명 함께 잘 때는 또
그만한 재미가 있었다. 얘 때문에 침대에서 떨어질 뻔했다느니,
손바닥만 한 내 자리를 좀 보라느니 서로 시시덕거렸다. 아이
자동차 침대를 얻어오면서부터 다시 분리가 시작되었다. 다만,
이전과 달라진 풍경이 있었다. 아이를 재우면서 덩달아 잠이
들어도 예전에는 중간에 일어나서 꼭 안방으로 건너갔다.
이제는 잠이 들지 않아도 안방으로 건너가지 않았다. 귀찮기도
했고, 텔레비전 소리가 시끄럽게 느껴질 때도 있었다. 그럴
땐 혼자 어둠 속에 누워 휴대폰으로 웹툰을 보거나 의미 없는

웹서핑을 했다. 은밀히 가지는 나만의 시간이 좋았다. 자연스럽게 남편은 안방 침대에서 혼자, 나는 아이 방에서 아이와 함께 자는 생활이 이어졌다. 이 사소한 계기는 나의 의식 회로까지 변화시킨 듯했다. 어느 날 남편과 대화를 하다가 "당신 방에 있잖아"라고 했는데 순간 남편이 황당한 듯 "당신 방?"이라고 되물은 것이다. 찰나의 순간, 나는 말실수 아닌 말실수를 깨닫고 웃으며 "아니, 우리 방"이라고 정정해야 했다.

　얼마 전 "요즘 젊은 부부 각방 선호해"라는 기사를 보았다. 독립성을 중시하는 젊은 세대가 거실과 주방을 공용 공간으로 하되, 각자 방에서 잔다는 내용이었다. 기사의 댓글은, 각자 편하게 잘 수 있어서 좋다는 의견 그리고 부부 사이에 친밀함이 사라질 것 같다는 의견으로 갈렸다. 나는 기사를 본 순간 '뭐, 각방이 아니라 각 집에서 사는 나도 있는데. 얼마나 편한지 몰라'라는 생각을 했다. 그런데 키즈 카페에서 만난 4인 가족의 모습에서 '각방 예찬'이 부부에게 위험할지도 모른다는 가능성을 불현듯 느꼈다. 그 가능성의 줄기를 타고 올라가니 그 끝에 '방'이라는 공간이 나왔다. 한 이불을 덮고 잔다는 것, 과연 어떤

의미일까. 자다가 잠깐 깬 남편이 이불을 다시 덮어주던 밤,
술에 취해 들어온 남편이 잠든 척한 내 머리칼을 쓸어 올린 밤,
어스름한 어둠 속에서 본 남편의 잠든 얼굴이 짠하게 다가온
밤, 부부 싸움을 한 후 잠자리에서 남편이 추울까 봐 이불을
더 내주던 밤, 수많은 밤이 지나간다. 낮에 못 다 푼 미숙한
감정들이 밤을 통해 정화되고 풀려나간다. 그렇다. 우리 사이에
존재하던 밤을 없앤 것, 거기서부터 시작되었을지 모른다.

"

옆
자리

"

아주 친하지는 않지만 서로 근황을 주고받는 정도의 지인이
있다. 그녀를 처음 만난 곳은 그라티아 숲이다. 그녀가 들뜬
목소리로 내게 전화해서 하는 말은 딱 두 가지다.

"시현 씨, 정말 맛있는 차를 공수해 왔어요. 숲 카페로 올 수
있어요?"

"시현 씨, 오늘 그라티아 숲 사장님이 내린 커피가 진짜
죽여줘요. 지금 어디예요?"

차와 미술을 사랑하는 그녀는 충북 진천에서 영어 공부방을
운영한다. 터울이 많이 나는 남자아이 둘을 키운다. 나는 그녀를
독특하고 자유로운 영혼이라고 종종 생각했다. 그녀는 티베트의
청량한 하늘 아래 펄럭이는 형형색색 천 같다.

어느 날, 차를 마시다가 놀라운 소식을 들었다. 첫째를 데리고 파리로 2주간 그림 여행을 간다는 거다. 그녀만 보면 너무나 어울린다. 그런데, 이러고 싶지 않은데 반사적으로 뻔한 질문이 나왔다.

"둘째는요?"

"이모님이 봐주신대요."

"남편이 뭐라고 안 해요?"

"갔다 오라고 먼저 말하던데요?"

여행을 가다는 그녀에게 "어디 어디 가볼 거예요?" "계획이 뭐예요?"라는 질문을 첫 번째로 하지 못한 내가 싫다. "언니 남편분이 대단하네요"라고 중얼거리는 것으로 가부장적 구속을 증명하고 말았다.

결혼하면 홀로 여행하는 것이 쉽지 않다는 걸 안다. 그럼에도 남편의 친구라든가 홀로 여행하는 모습을 보기도 했다. 그럴 때 남편은 웃으며 자기 친구더러 "상남자야, 상남자"라고 말했다. 감히 가정이 있는데 홀로 여행을 떠나는 간 큰 남자라는 뜻이었다. 나는 그게 무슨 문제인가 싶었지만 속내를 드러내지는 않았다. 가출도 아니고 여행이라는데.

내가 관심 있는 뇌 과학 분야의 전공자 블로그를 발견해서
이런저런 질문을 드리다가 인연을 맺게 된 박사님이 계시다.
휴혼 전 연초 어느 날 오랜만에 만나 차 한잔하는데, 9월경
지인과 함께 스페인 순례자의 길을 떠나기로 했단다. "함께
갈래요?"라는 박사님 말에 가장 먼저 나온 대답은 "남편한테
물어봐야 돼요"였다. 지금 예약을 해야 비행기 값이 저렴하다고
덧붙이신다. '따로 또 함께'라는 여행 콘셉트를 들으니 가슴이
마구 뛴다. 가고 싶다. 걷고 싶다. 쓰고 싶다. 찍고 싶다. 남편에게
지나가는 말로 떠보았다. "그렇게 여자 두 분이서 스페인 순례자의
길을 떠난대. 정말 멋지지 않아? 나도 갈까?" 남편은 눈도
마주치지 않고 말했다. "말도 안 되는 소리 하지 마."

원래 혼자 여행 다니는 걸 좋아하지 않는다. 맛있는 것, 좋은
것도 함께 감탄하는 동지가 있어야 배가 된다고 믿고 있다.
남편도 결혼 전, 혼자 낚시나 실컷 할 요량으로 민박 7박을
예약하였지만 3일 만에 돌아왔다고 한다. 헌데, 결혼하고
나서는 부쩍 혼자 떠나고 싶을 때가 있었다. 하지만 1박 2일은
고사하고, 당일 여행이라도 남편에게 말 꺼내기가 쉽지 않았다.
육아를 전적으로 맡겨야 한다는 부채감, 혼자만 바깥바람 쐬며

여유를 즐긴다는 미안함, 그리고 보나 마나 떨어지지 않을
남편의 허락 등. 섬세하고 예민한 성격의 남편은 내가 혼자
떠난다고 하면 "근심 있어? 마음이 복잡해? 나 때문이야?"라며
괜스레 생각이 많아질 사람이니까.

그리고 휴혼 후 가을, 제주 출장이 잡혀서 동료 강사와
2박 3일로 제주에 다녀왔다. 휴혼 전이었다면 꿈도 못 꿨을
평일 출장. 유명한 돈가스 집에 앉아 창을 통해 보이는 옥색
바다를 보고 있자니 남편 생각이 났다. 남편도 자연, 미식 참
좋아하는데. 남편도 아이도 없이 혼자 떠나온 섬. 휴식, 영감,
자유 대신 그리움, 회상, 허전함이 자리를 차지했다. 그날 밤,
남편에게 메시지를 보냈다.

> 제주 오니까 당신 생각이 많이 나네. 다음에 꼭 같이 오자.

기약 없을 약속.

결혼 전 당연하게 행했던 일들이 결혼을 기점으로 완전히

바뀌어버린다. 인간의 기본 욕구인 의식주부터 시작이다. 먹고 싶을 때 먹지 못하고, 자고 싶을 때 자지 못한다. 놀고 싶을 때 놀지 못하고, 일하고 싶을 때 일하지 못한다. 분명 함께 있는 시간이 좋아서 결혼했는데 이제 그 시간은 또 다른 노동인 기분. 주말 동안 "점심에 뭐 먹지?" "저녁엔 뭐 먹지?"라는 밥 폭격에 맞서다가 일요일 밤이 되면 내일 계획을 그려본다. 못 읽던 책을 읽고 글도 써야지. 동시에 출근하는 남편의 부재가 아쉽다. 어쩌다 남편이 출근을 늦게 하거나 연차를 쓴 날이면 나는 남편 팔에 매달려 말했다. "아, 당신 회사 안 다니면 좋겠다."

　나는 남편에게 농촌으로 들어가자고 종종 졸랐다. 작은 텃밭 가꾸다가 점심때쯤 막걸리 한잔 마시고 저녁에는 솥뚜껑에 고기나 구워 먹는. 아이는 등 구부린 부모 옆에서 뛰놀거나 어설프게나마 우리를 도와주겠지. 아이가 심심할 수 있으니 백구 한 마리 데리고 와야겠다. 기계 만지는 걸 좋아하는 괴짜 발명가인 남편은 고물 트럭을 캠핑카로 개조하겠지. 여기저기서 고물을 주워 오려면 큰 창고도 필요할 거야. 분명 남편은 매일 밤 나를 끌고 창고로 가서 자신의 하루 성과물에 대해 자랑할 것이고, 나는 "우와, 이걸 어떻게 했어?"라며 깔깔대며

웃겠지. 우리는 그날을 가계 빚이 모두 청산되는 2020년으로
봤었다. 휴혼 직전, 아이를 데리고 들어갈 요량으로 충남 홍성의
시골 마을에 답사하고 온 나는, 남편에게 충남 홍성을 소개한
다큐멘터리를 추천했다. 남편은 나와의 공방으로 무척 지쳐
보였다. 순간 현실이 우습게 느껴졌다. 까짓것 사는 게 별건가.
"그냥 우리 시골에 들어가서 살까?" 남편은 그 후 술자리에서
답을 했다. "1년 후든, 2년 후든 지금 우리 상황이 정리되면 그때
들어가자." 처음으로 들은 긍정의 대답. 현재로선, 제주도에 꼭
함께 가자는 내 말만큼 빛바랜 약속처럼 보이지만.

　이제 나는 남편 허락 없이도 여행을 떠날 수 있다. 남편 허락
없이도 친구들과 새벽까지 술 마시며 놀 수도 있고, 남편 허락
없이도 무언가 선택할 수 있다. "이럴 거면 왜 결혼했어?"라는
고함에 "당신이야말로 이럴 거면 왜 결혼했어?"라고 맞받아치지
않아도 된다. 다시 결혼 전으로 돌아왔다. 편안하고 자유롭고
고요하다. 결혼을 해보았기에 결혼 생활에서 하지 못했던
수많은 일상의 소중함을 안다. 그중 으뜸은 시간의 소중함이다.
결혼 생활에서는 내게 주어진 시간이 한정적이었다. 24시간 중
온전히 주어진 시간은 6시간이었다. 충분하면서도 모자랐다.

함께 살 때 나의 취미는 '혼술'이었다. 예능을 보며 혼자 술 마시는 게 낙이었다. 휴혼 후 나는 단 한 번도 혼자 술 마신 적이 없다. 두 달째 그대로 맥주가 냉장고 안에 있다. 결혼 생활에서는, 어차피 시간을 내가 컨트롤할 수 없으니 마구 썼던 느낌이다. 조금이라도 시간이 주어지면 어떻게든 소비해야 한다는 생각에 즉각적인 환락을 즐겼다. 혼자 떠나는 여행 역시 그런 선상이었다. 갈 수 없으니 가고 싶은.

결혼이라는 이상한 세계에 들어서서 사선으로 걸었다. 아무리 비로 걸으려고 노력해도 세상 자체의 축이 완전히 달랐다. 사선으로 된 거울 길을 미끄러지듯, 두 다리 길이가 다른 사람처럼 절뚝거렸다. 그 세계로부터 빠져나오니 비로소 똑바로 걷는 기분인데, 그런데, 가끔 사선으로 걷고 싶을 때가 있다. 함께 보던 웹툰의 영화 개봉 소식에, 창업 아이디어 경진대회 최우수상 수상 날에, 결혼 후 잘 가지 못했던 무한 리필 참치 집을 본 날에, '가성비' 좋은 무극시장의 목살 바비큐를 찾아갔을 때, 기울어진 거울 길을 모른 체 그냥 눈 감고 한잔 나누고 싶다. 가출인 척 여행을 떠나고 싶다.

> "
>
> # 푸른
> # 사과
>
> "

평일만큼은 '딸린 식구'가 없다 보니 술자리가 잦다. 술자리라 해봤자 함께 일하는 동료들과 퇴근 후 마시는 수준이라, 장면을 사진으로 찍어 이어놓으면 사람은 같은데 배경만 바뀌는 영상 같을 것이다. 이 자리에서 나는 종종 내 멋대로 사회자인 척한다. 가령, 송년회 자리에서는 "올 한 해 각자의 이슈는 뭐였나요?" 돌아가며 묻는다. 뒤이어 새해 각자의 소원을 떠올려보자고 한다. 그 소원이 이루어지도록 잠깐 눈을 감고 마음에 새기는 시간을 가지자고 권한다. 그럼 그 자리에 있는 대여섯 명이 진짜 눈을 감고 기도한다. 이 사람들은 어쩌자고 나의 '야매' 진행을 따르는 것인가. 사뭇 귀엽기까지 하다. 가까운 이들을 인터뷰하는 재미는 놀랍다. 사람 또한

어떠한 관념으로 구성된다. 나는 이 사람을 잘 안다고
생각하지만 사실, 그 근거는 빈약하다. 이 사람이 했던 말, 행동,
행적 등이 추측되어 나만의 이미지로 재구성될 뿐이다. 즉, 내가
가진 그만큼의 재료로만 한 인간을 재단하고 평가하고 안다고
착각한다. 드라마의 단골 멘트가 이를 증명하지 않는가.

　"네가 나에 대해 뭘 안다고 그래?"

　혹은

　"나다운 게 대체 뭔데?" (울부짖으며 말해야 제맛이다.)

　무엇보다 우리는 흐른다. 10년에 번히는 긴 강·신민이 아니다.
스무 살 때 사귄 친구를 서른다섯 살에 인터뷰하는 재미가
그런 까닭이다. 특히 "마음속으로만 간직하고 있는 꿈이
뭔가요?" 했던 인터뷰가 기억에 남는다(역시나 진지하게 임한
이상한 친구들). 스타트업을 함께하고 있는 마케터 친구는
자신의 꿈을 '디자이너'라고 했다. 광고 회사 차장인 또 다른
친구는 "제 꿈은 극작가예요"라는 대답을 했는데, 15년 만에
안 대학 동기의 꿈 고백이 왜 그리 뭉클하던지. 우리는 때때로
간과한다. 한 개인과 그의 자리가 애초부터 '세트'인 것처럼
무심코 넘긴다. 부모들이 대개 이러한 오해의 대상이지 않은가.

'우리 엄마'는 원래 그렇게 살아왔고 그렇게 살아갈 것이라는 오해. 별다른 꿈도, 불평도 없이 그 자리에 그렇게 살기 위해 태어난 존재처럼. '내 아버지'에 대한 나의 관념을 단 한 번이라도 의심해본 적 있는가.

그날의 술자리에서는 "첫사랑이 누구인가요?"라는 질문을 던졌다. 제일 처음 좋아한 사람이냐, 가장 사랑했던 사람이냐, 잊지 못한 사람이냐, '첫사랑'의 정의에 대한 논쟁이 잦아들고, 저마다 돌아가며 마음속 서랍을 열었다. 한 친구는 첫사랑의 추억에 잠식되어 사흘 전의 실연은 생각도 나지 않는 듯했다. 내 차례가 돌아왔다. "나는…… 음, 남편이 첫사랑인 것 같은데. 계속 마음 한 켠에 있고, 좋든 싫든 생각나고, 만약에 나한테 마지막 순간이 온다면 제일 먼저 전화할 것 같은데." 어두운 조명, 1990년대 유행가, 쌓여 있는 술병, 주절대는데 왜인지 눈물이 핑 돈다. "지금 전화해봐"라는 친구에게 "그건 안 돼, 그럼 이 감정이 깨지거든" 하는 내 대답에, 어째서? 라는 분위기다. 어쩌면 애증에 가까운 사랑. 너무 아픈 사랑은 사랑이 아니었다고 누가 노래했나.

장대비가 세차게 쏟아지던 2013년 6월의 여름. 지하 1층 오후 8시의 어두운 술집, 처음으로 마주 앉은 남자에게 여자는 물었다. "꿈이 뭐예요?" 남자는 순간 당황하는 듯했다가 이내 차분히 대답한다.

"저는 제가 있는 자리에서 최고가 되는 거요."

'꿈'이라는 것은, 억대 연봉이라든가, 나만의 사업을 하고 싶다든가 따위처럼 무릇 거창해야 한다고 생각했던 여자는 '소박한' 남자의 꿈에 살짝 김이 샜다. 달리 해야 할 말을 찾지 못해 "네, 멋지네요"라고 했을 뿐. 사흘 후 남자는 여자에게 영화 〈월플라워〉를 추천했다. 여자는 냉큼 찾아봤다. 별다른 감흥이 없었지만, 너무 좋았다고, 터널 속 장면이 가장 기억에 남는다고 남자에게 호들갑을 떨었다. 두 번째 만남, 남자가 먼저 여자 손을 잡았다. 두 남녀는 여름밤공기를 마시며 탄방천 계단에 앉았다. 여자는 흘러가는 물줄기를 보며 남자에게 말했다.

"우리, 오래오래 보자. 배신하지 말고."

본인에게 없는 부분에 끌리는 것이 사랑이던가. '지금 있는

곳'이 주 언어인 남자와 '이것도 하고 싶어'가 주 언어인 여자는
급속도로 사랑에 빠졌다. 그리고 그해 겨울, 결혼을 했다.

두 사람은 잘 맞았다. 포장마차 낭만을 알고, 영화 〈러브
어페어〉를 보며 함께 울고, 김광석 노래를 좋아했다.
인테리어부터 패션, 입맛, 취향, 감성, 유머 코드까지 언제나
의견은 일치했다. 여자는 이런 남자를 두고 "주파수가 딱 맞는
사람"이라고 표현했다. 일치하던 주파수가 평행선이 되는
과정은 큰 전지에 물이 스며드는 것처럼 은밀했다. '이것도 하고
싶어'라는 여자에게 남자는 '지금 있는 곳'을 강조했다. 덕분에
여자는 엉덩이 붙이고 사는 방법을 조금씩 배워나갔다. 지금
있는 곳에서 할 수 있는 일을 조금씩 하기 시작했다. 공부를
하고, 책을 읽고, 글을 쓰며, 지역 공동체를 만들었다.

4년의 시간이 흘렀다. 꿈으로만 살던 과거보다 현재를 산
기간 동안 이룬 것이 훨씬 많아졌다. 남자는 여자의 활동을
전적으로 지원하고 지지해주었다. 하지만 여자는 뭔가 허했다.
성취한 작은 조각을 들고 "이걸로 이젠 이걸 하고 싶고, 저것도
하고 싶어"라고 '미래'를 말하고 싶은데 말할 곳이 없었다.
여자가 느끼기에, 여자는 무지개를 보고 싶은데 남자는 자꾸

땅을 보라고 하는 것 같았다. 꿈 이야기보다, 가족, 안정에 대한 이야기를 남자는 더 원하는 듯했다. 여자의 삶을 즐겁게 하는 원동력이 갈수록 말라갔다. 새로운 도전, 새로운 사람, 새로운 미래에 대해 여자가 얘기할라치면, 반가워하지 않는 기색이었다. 가끔 이 문제로 언쟁이 붙기도 했다. 남자는 소리쳤다.

"당신 미래에 가족이 있긴 해?"

더 이상 남자와 대화하는 것이 재미가 없었다. 남자와의 술자리에서 수다쟁이였던 여자는 점차 듣는 사람으로 변했다. 남자와 싸우지 않을 말만 골라서 하다 보니 점점 입을 닫게 되었다. 건강하고 매력적이고 영감을 주던 남자는 '꼰대'라는 또 다른 관념으로 저장되었다. 급기야 함께 있는 시간보다 혼자 있는 시간이 편해졌다. 글을 쓰든가, 웹툰을 보든가, 생각 없이 예능을 보며 홀로 술을 마셨다.

며칠 전 종로의 한 족발집.
"결혼은 그런 거라잖아. 가장 사랑하는 사람이랑 하는 게 아니고, 결혼할 시기에 만난 사람이랑 하는 거라고."

족발을 뜯으며, 2년간의 연애에 종지부를 찍은 J에게 말했다. J는 내게 되물었다.

"그럼, 결혼했던 네 생각은 어때?"

그때 K가 그 말을 친절하게 정정한다.

"'했던'이라니? 지금도 결혼 상태야!"

질문을 던진 J는 아차, 하는 표정으로 자신의 뺨을 손바닥으로 때리는 시늉을 한다. 깔깔 웃으며 이 질문에 대한 답은 다른 친구 N에게 어물쩍 넘겼다. "아니, 너도 그렇잖아. 이제 결혼할 나이가 됐으니까 지금 여자 친구랑 결혼한다는 거 아냐?" 나의 희생양이 된 N은 눈에 힘을 주고 대답한다.

"아니? 사랑하는데?"

친구들은 들을 가치도 없다는 듯 일제히 술잔으로 손을 가져간다.

"쟤는 이제 한 달 됐잖아."

나는 사랑해서 결혼했다. 그럼 그 사랑은 어디에 갔느냐고 묻는다면 이야기가 너무 길어질 것이다. 여섯 명의 친구들 중

기혼은 나 혼자, 나머지는 미혼이다. 나의 엉성한 결혼과 사랑에
대한 관념을 설명하고자 시간을 빼앗고 싶지는 않다. 결혼을
기점으로 그 사람의 장점이 단점으로 바뀌고, "배신하지 말자"란
내 말에 반했다던 남자는 소송한다고 난리 치고, 사랑한다면서
함께 살고 싶지는 않은 이상한 현상을 내가 무슨 수로
설명하겠는가. 진짜 모르겠다. 사랑이 무엇이고 결혼은 무엇인지.
휴혼 전 어느 여름, 큰아버지가 내게 해주신 말씀이 있다.

"큰엄마랑 45년 살았다. 작년, 한참 힘들 때 이혼까지 할
뻔했다. 그런데 살아보니 그런 것 같다. 45년 살면 사랑의
씨앗이 싹트는데, 그걸 못 참고 44년째에 헤어졌으면 모를
뻔한 거다. 푸른 사과가 사과인지 알고 먹었다가 버린
꼴이다. 진짜 사과는 푸른 사과 그 뒤에 아주 다채롭게
존재하는데 말이다. 사과가 뭔지에 대해 과학자, 철학자,
문학가, 예술가가 책 한 권의 분량이 되게끔 설명해놓아도,
무식한 사람이 직접 먹어본 사과에 비할 것이 못 된다.
사과를 직접 먹은 사람은 그것에 대해 정확하게 설명을
못해도 사과가 무엇인지 안다. 깨우치는 것도 마찬가지다.

아무리 남들이 좋은 말을 해줘도 깨닫는 건 본인밖에
못하는 일이다."

결혼도, 남편도 지금 내게는 푸른 사과다. 원래 이런 맛인 줄
알고 버릴 뻔하다가 우선 창고에 놔둔 4년 된 사과. 슬그머니
창고에서 사과를 다시 꺼낼 때가 온다면, 사과를 다시 키워야
할 때가 온다면, 그때 나는 인내할 수 있을까? 사과의 붉음을,
존재의 흐름을.

오늘, 결혼에 대한 또 다른 잠언을 보았다.

"결혼은 가장 사랑하는 사람과 하는 게 아니라 가장 오래
사랑할 사람과 하는 것이다."

"

2017년 9월 2일 D-25
'그날'

"

"여보, 이번 주 일요일 출장 잡혔어."

남편이 말한다. 달력을 확인하니 전닐인 토요일, 대진 시민 스피치 대전 본선일이다. K 아나운서의 부탁으로 스토리텔링 코칭을 한 수업인데 교육생들이 그간 갈고닦은 실력을 발휘하는 결전의 날이라 할 수 있다. "그날 스피치 본선일이라서 참관해야 하는데"라고 하니 "그래도 출장 가기 전에 저녁이라도 해야지" 한다. 내 일정이 먼저였잖아, 말하고픈 걸 누르고 "그럼 저녁 전에 올게"라는 대답으로 협의를 마친다.

토요일, 시외버스를 타고 대전으로 향했다. 버스 안에서 본선 진출자 열 명에게 감사 카드를 썼다. 아파트 관리 사무소 소장, 한복 디자이너, 아픈 아내를 둔 늙은 가장, 웃음 강사로 막

시작하는 장년, 은퇴하신 전직 교사 할아버지……. 그들을
만났던 짧은 시간이 생생하게 지나간다. K 아나운서에게서 어느
날 전화가 왔다. 교육생에게 15분 스피치를 시범으로 보여줄 수
있냐고. 그렇게 이루어진 만남이었다. 교육이 끝나고 집으로
돌아오는 길, 나는 남편에게 메시지를 보냈다. "여보, 나 돈
벌기는 글렀나 봐. 돈 한 푼 안 받았는데도 너무 재밌었던 거
있지!" 나보다 연배가 높은 인생 선배들은 딸내미뻘인 내 말을
한마디 놓치지 않고 메모를 했더랬다. 질문도 많았다. 그들에게
나는 존경심을 느꼈고 무엇인지는 모르겠지만 중요한 가치를
얻고 돌아왔다. 짧은 순간에 내 마음을 많이 주게 되는 교육이
있다. 이번이 그랬다. 한 명 한 명에게 뜨거운 응원과 감사를
전하고 싶었다.

대전 시청자미디어센터는 스피치 대전 외에도 다채로운
행사로 왁자지껄했다. 인파를 헤치고 대강당으로 들어가니
앞쪽에 내 좌석이 있다. 한 명씩 프레젠터로 무대에 올랐고 핀
조명을 받는 그들은 그 순간 1인 배우였다. 나는 주책맞게도
참가자 가족들보다 더 울어댔다. 모든 시상이 끝나고 뒤풀이
장소로 이동할 시간. "저는 내일 남편 출장 때문에 이제

들어가봐야 해요"라고 하니 모두들 붙잡는다. 멀리서 오셨는데 저녁이라도 먹고 가시라, 출장을 남편이 가지 강사님이 가시냐. 몇 번을 망설이다 남편에게 상황을 알렸다. 의외로 남편은 하고 싶은 대로 하란다. 이 사람이 웬일인가 싶어 몇 번이고 진짜냐고 물었다. 확답을 받은 후에야 "남편이 놀다 오래요!"라고 외쳤고 거기 있던 모든 사람이 손뼉을 치며 즐거워했다.

약 2시간 후 밤 9시, 남편에게서 전화가 온다.

"여보세요?"

"당신 참 대애단해."

혀가 꼬여 있다. 부모님과 고기 구워 먹는다며 아이 사진도 간간히 보내더니 취했나 보다. 남편 목소리가 휴대폰 밖으로 흘러나온다. 순간 같은 공간에 있던 이들이 조용해진다. 급히 휴대폰 볼륨을 줄이며 짐짓 모른 체 "응, 그래, 고맙게 생각해" 하고 서둘러 끊으려 했지만 실패다. 덕분에 남편의 배배 꼬인 꽈배기 발언은 여과 없이 생중계되었다. 당황, 분노, 수치, 황당함을 참으며 끊을 타이밍만 기다리다 "나가서 당신 마음대로 살아"라는 남편의 말에 결국 나도 참지 못하고 소리를

지르고 말았다. "싫으면 처음부터 싫다고 하지, 괜찮다고 해놓고선
왜 매번 이렇게 뒤통수 쳐?!" 그날 나는 밤 12시가 가까운
시간까지 술을 퍼마셨다. K 아나운서가 쥐여준 택시비로
집까지 오는 1시간 동안 오만 생각이 다 든다. "그만해, 옆에
사람들 있어"라는 내 말을 무시하고 남편은 계속하여 주정 아닌
주정을 해댔다. 그 시간 동안 나는 사람들 앞에서 발가벗겨진
기분이었다. 당혹스러웠다. 만약 같은 상황에서 남녀가
바뀌었다면 애당초 가능한 일이었을까? 그날 우리 집 현관
비밀번호는 바뀌어 있있다. 다음 닐 님편은 두 눈 시뻘겋게 뜨고
화를 주체하지 못하며 소리쳤다.

"남편이 출장 가는데 감히 여자가 술을 마시러 가?"

휴혼 후 큰아버지 댁에 오랜만에 다녀왔다. 지난번 다녀오고
매미 우는 여름을 한 번 더 보내고 눈 내리는 날 갔으니 근 1년
반 만이다. 남편과의 관계를 조심스레 묻는 큰아버지 부부
내외에게 6개월 전의 '대전 사건'을 말씀드렸다. 큰어머니는
"그러게 일찍 좀 들어가지 그랬노"라고 안타까워하신다. 결혼

5년 만에 처음이었어요, 심지어 '허락'을 받았다고요. 항변하지만 소용없는 일이란 걸 안다. 남자는 되고 여자는 안 된다는 기저가 이미 깔려 있기 때문이다. 뒤이어 큰어머니는 덧붙이신다. "만약 J(사촌오빠) 부인 될 사람이 몇 푼 못 버는데 바깥 생활하느라 바쁘면, 나는 여자 보고 집에 있으라고 하겠다."

언제 한번은 이런 일이 있었다. 종합편성채널 방송국 촬영이 잡혔다. 하필 촬영 날이 부부 싸움을 거하게 하고 난 다음 날이었다. 출근하는 남편이 차 키를 가지고 나가기에 쫓아 나갔다. "오늘 나 촬영 날이야, 차 써야 돼." 남편은 엘레베이터 문만 쳐다보고 서 있다. 급한 마음에 한 번 더 재촉한다. "나 오늘 일하러 가야 된다니까?" 남편은 고개만 돌린 채 내게 물었다.

"그게 일이야?"

나의 일정이 남편의 일정보다 가벼이 여겨지는 일은 일상 곳곳에서 마주친다. 이번 일만 놓고 봐도 그렇다. 내 경우는 몇 주 전부터 예정되어 있던 일정이었고, 남편의 출장은 불과 6일

전에 잡힌 일정이다. 사적인 일이라면 남편의 출장이 우선시될
수도 있겠지만, 엄연히 공적인 일이다. 뒤풀이도 일이냐 묻는다면
회식도 사회생활의 연장선이라는 남자들 언어를 끌고 오련다.
나의 일이 남자의 일보다 별것 아닌 일로 치부되는 근거는
무엇인가. '일'의 진정한 의미는 논외로 하고서도 큰어머니나
남편의 말에 동의할 수 없는 까닭은 분명하다. 그 근거가
돈이라면 달리 말해 수많은 가장의 존재 가치 또한 돈이라
인정하는 것밖에 되지 않을 것이다. 가장의 권위를 돈 벌어
오는 행위에 기대다가, 퇴직 후 돈 못 벌어 오는 고장 난 기계로
전락할 말로를 왜 예측하지 못할까.

1982년생 남편과 1948년생 큰어머니의 언어는 닮아 있다. 나
또한 이 언어를 크게 벗어나지 못한다. "남편이 싫어하지 않아?"
"남편이 괜찮대?"라는 언어를 얼마나 남발했던가. 두 세대에
걸쳐 깊숙하게 박혀 있는 그림자 같은 가부장적 문화. 그들의
언어가 우리를 키웠다. 이상함을 느끼며 '감히 여자가'라는
언어를 지우려는 동시대의 여자들을 누군가는 페미니스트라고
웃어넘긴다. 페미니스트는 기 센 여자, 튀는 여자의 또 다른

이름이다. 나는 페미니즘에 대해서는 잘 모르지만 한 가지 확실한 것은, '감히' 남편의 권위에 도전하고 남편의 출장을 존중하지 않았으며 내 일을 우선시했다는 이유만으로도 엄청난 싸움을 벌였고, 그 결과 가정에서 뚝 떨어져 나왔다는 것이다. 만약 미묘한 차별이 있는 남녀 역할을 아무런 의심 없이 그대로 받아들인다면 '좋은 엄마' 밑에서 자란 아들은 또 다른 차별을 할 것이고, '좋은 엄마' 밑에서 자란 딸은 똑같은 차별을 받을 것이다. 은근한 폭력인 줄 모른 채.

어떤 이들은 대전 사건을 두고 혀를 내두를지 모른다. 좀 참고 양보하지, 라는 안타까운 소리가 들리는 것도 같다. 그럼에도 나는 나의 휴혼을 다행이라 생각한다. 적어도 나와 내 아들에게는. 젊은 날의 부모가 떨어져 산 이유를 추후 아들에게 분명하게 말할 것이다. 엄마는 후회한다고. 엄마의 계획된 일정을 당당히 요구하지 못하고 아빠 일정에 어정쩡하게 맞추려 한 지난날의 행동을. 엄마는 확신한다고. 대전 사건이 아니었더라도 결이 비슷한 사건은 터졌을 테고, 우리는 또 같은 선택을 했으리라고. "내 친구들 와이프는 안 그런데"라는 네 아버지의 발언을 엄마는 언젠간 거부했을 거라고.

마음을 털어버려야 할 때마다 글을 썼다. 털어버려야 할 찌꺼기가 글에 묻으니 무겁고 가라앉는 글이 많아져버렸다. 글이 없었다면 가끔씩 찾아오는 허무를 어떻게 이겨냈을까 싶다. 어쨌거나 글을 쓴 날보다 쓰지 않은 날이 많았다. 충분히 잘 실패했고 잘 살아냈다.

대개 우리는 이혼을 결혼의 실패라 부른다. 하지만 이혼 또한 인연을 풀어내는 한 방편일 뿐이다. 휴혼도 그런 선상이다. 프롤로그에 이렇게 적었었다. "이 책은 휴혼을 권하는 책이 아니다." 휴혼한 지 8개월, 나는 이 말을 뒤엎는다. 휴혼을 권한다.

왜 나는 남편의 그늘에서 벗어나면 나락으로 떨어질 거라 오해했을까. 결혼 전에는 겁도 없이 삶을 누볐으면서 결혼

생활을 거치며 왜 그토록 겁쟁이가 되었던 걸까. 삶의 주연에서
조연으로 밀려나는 과정은 은밀했다. 내 존재와 능력의 크기를
실제보다 작게 느끼게 되었다. 여기서 말하는 능력은 학벌, 외모,
경력, 기혼 등 사회적 잣대를 떠나 내게 주어진 인생을 살아내는
인간 고유의 생존 능력을 일컫는다. 희한하게도 여성들은
갈수록 자신을 과소평가하며 남편을 보호자 삼는다. 잘못된
일은 아니다. 우리나라에서 자녀를 양육하며 일을 한다는 건
진짜 불가능하니까. 부부 중 여성이 대개 돌봄 노동으로 영역을
옮겨 온다. 처음에는 모성의 숭고함으로 가치를 더해보지만
갈수록 돌봄 노동은 헐값에 치인다. 만약 돌봄 노동의 주체가
남성이라면 우리는 이렇게 생각한다. 여자가 더 능력이 있나
보네. 돈벌이가 곧 능력으로 측정되고 상대적으로 '능력 없는'
사람이 집에 들어앉는 것이 무의식의 계산이다. 집에 들어앉는
대부분이 여성인 우리들이고 우리는 삶에서도, 가정에서도
조연이 된다.

　남성의 고생을 폄하하는 것이 결코 아니다. 나 역시 1인분
인생이니 그럭저럭 사는 거지, 2인분 인생을 책임지라 하면
투쟁이고 뭐고 못할지 모른다. 나와 보니 알겠다. 시부모님과

남편의 양육이 아니었다면 내 인생은 정말로 고달파졌을 것이다. 누군가의 생존이 누군가의 고생으로 이루어진다는 건 슬픈 일이다. 휴혼을 권하는 지점이 이 부분이다. 자녀에게 손이 덜 간다고 판단할 때, 부부가 의도적으로 휴혼을 통해 자기 밥그릇만큼의 인생만 책임져보는 것. 결혼의 갭이어(gap year) 기간으로서 신혼, 중년, 초로, 혹은 위기의 부부 모두에게 필요하고 유익한 시간이라 믿는다. 떨어져 나와 한 인간으로 자립하여 살아보기. 고되더라도 노동자 주체로 살아볼 것을 권한다. 휴혼은 사색이자 충돌이다. 나랑 상관없다고 생각한 누군가의 자리에 대한 생각이 그렇다. 어설프게나마 체험 중인 가장의 자리, 한 부모 자리가 대표적이다.

　결혼 전의 나는 부끄럽지만 공과금을 제때 낸 적이 없다. 어쩜 그렇게 그쪽으로는 개념이 없는지 한참 밀리고 나서야 한꺼번에 내곤 했다. 혼자 벌고 혼자 사니 그래도 별 문제 없었다. 결혼 후 본 남편의 공과금 납부는 칼이었다. 당연히 남편에게 모든 걸 맡겼다. 지금의 나는 남편처럼 월세, 관리비를 칼같이 낸다. 한 번 밀렸다가는 다음 달 생활이 제대로 되지 않는 걸 알기 때문이다. 막 결혼을 하고 아이를 낳았을 당시 남편은 서른두 살이었다.

지금 내 나이보다도 어렸던 가장은 가계를 지킬 두려움으로
그렇게 해야만 했을 것이다. 남편은 월급이 들어온 그날 모든
지출을 처리했다. 3분의 2가 훅 빠져 나갔다. 허무하고 아쉬울
법한데 내야 할 돈이 있으면 지체하지 않았다. 가장이 된 나는
남편의 마음을 비로소 알 것 같다. 통장의 돈에 미련이 남을까
봐 얼른 보내버리는 게 아닐까. 가장의 돈은 본인의 돈이 아니다.
서글프다.

　그럼에도 일하는 게 육아보다 낫다는 고백을 조심스레 한다.
나 같은 경우는 '기러기 엄마'로 일과 육아의 경계가 평일과
주말로 나누어진다. 나는 다행이라 여긴다. 남자는 집으로
퇴근하지만, 여자는 집으로 출근한다는 말이 있지 않은가.
모성의 존재 여부를 떠나서 일하고 난 후의 육아는 정말
중노동이다. 그럴 때마다 퇴근 후 꼬박꼬박 아들과 놀아주고
주말엔 청소부터 요리까지 알아서 하는 남편이 생각난다.
글이라는 게 그렇다. 수십, 수백 각도의 면 중 한 면만이
다루어진다. 글로 표현된 특정한 단면이 그 사람 모습 전부가
되어버리는 오류.

　며칠 전 일본 영화 〈나는 내일 어제의 너와 만난다〉를 보는

내내 남편이 떠올랐다. 남편은 평범한 행복을 추구할 뿐인데
나 때문에 먼 길 돌아간다는 생각에 많이 울었다. 친구들과의
연말 모임에서 느낀 외로움으로, 남편이 나의 '버튼'을 누른 날을
완전히 이해하게 되었다. 그도 분명 친구들 속에서 나와 같은
감정을 느꼈을 것이다. 조금씩 그를 헤아려본다.

주말마다 나는 자의 반 타의 반으로 편모 가정(모계 가정이란
단어가 더 낫지 않나, 생각이 잠깐 든다)이 된다. 동창회를 비롯한
각종 모임이 잡히면 아이를 대동하고 갈 수밖에 없다. 보통
일이 아니다. 모임 참석이야 고생을 자처한 나의 선택이라지만
온전히 내가 아이를 키워야 한다면? 휴혼을 권한다느니 자립을
경험해보라니 '체험! 삶의 현장' 같은 소리 따위 쏙 들어갈 것
같다. 감히 예측하건대 나는 극빈층으로 전락하고 말지도 모른다.
이도 저도 집중하지 못하게 하는 사회 시스템을 지금도 충분히
겪고 있으니 말이다. 당장 동요마저도 다르게 다가온다. "아빠 곰,
엄마 곰, 아기 곰"을 부르던 아이가 "엄마, 우리 집은 아빠 곰이
없는데, 그치?"라고 하면 슬플까, 당황스러울까, 미안할까? '아빠
참여 수업', '엄마 참여 수업' 또한 사라져야 한다. '보호자 참여
수업' 등 더 좋은 단어를 우리는 찾아야 한다. 휴혼 전에는 결코

생각지 못한, '범주' 밖의 세상이 조금씩 보인다.

충북으로 이사한 후 나는 아이에게 '엄마 사무실' 대신 '엄마 집'이라고 말한다. 남편은 이사한 아파트에 와보고선 "너무 집 같은데……"라는 이상한 걱정을 해댔다. 엄마 사무실이라 부를 수 없다는 거다. '따로 산다는 걸 인식 시켜주고 싶지 않다'라는 남편의 의도는 아이에게 위험하게 다가갈 수 있다. 엄마, 아빠가 따로 산다는 건 '숨겨야 할 일'이라고 아이가 받아들일 염려가 있기 때문이다. 잘못된 일도, 숨겨야 할 일도 아닌 자연스러운 일, 있을 수 있는 일이라는 걸 자연스레 알려주고 싶다. 그동안 아이도 많이 성장한 것 같다. 기분 좋게 오고 기분 좋게 간다. 엄마가 좋다는 아이의 고백과 뽀뽀 세례는 주말 내내 받아도 부족한 백신이다.

언제는 현관에서 작은 거미를 발견했다. 순간 소름이 돋으며 소리를 질러댔다. 엄마의 호들갑에 아이가 얼른 방에서 나온다. 진정되지 않는 심장을 부여잡고 아이에게 휴지를 건넸다. "꽃사슴아, 저것 좀 잡아 봐. 잡을 수 있지?" 아이는 휴지를 든 채 알 수 없는 표정으로 나를 보았다. 남편이 그리웠다. 온몸의 닭살을 느끼며 내 손으로 거미를 잡았고, 변기통 물에 보내고 나서도 한참을 몸서리쳤다. 취미라고 생각될 정도로 꼬박꼬박 분리수거를 하던 남편 대신 이젠 내가 분리수거장으로 가고, 매번 남편이 씻던 청소기 필터도 처음으로 씻어봤다. 생활으로의 뒤늦은 개입이다.

Y가 2주 동안 유럽 여행을 떠났다. Y는 이십 대 때 모 대기업의 터키 지사에서 근무를 했는데 그날의 터키가 너무나 그립다고 종종 말해왔다. 이번에 터키를 거쳐 스페인으로 간다고 했다. 20대의 터키, 젊음의 터키, 추억의 터키를 실컷 누리다 오라고, 대리 만족 삼으며 친구를 보냈다. 2주 후 인천공항에 도착한 Y에게 여행 소감을 물었다. "막상 가니 그때의 감정이 안 생기더라. 혼자 여행하는 것에 대한 두려움이 컸었는데 막상 부딪히니 또 별것 아니었고. 기대나 두려움이나 전부 허상이었던 것 같아."

휴혼은 여행과 닮았다. 나의 우주가 넓어질 기회. 당연시되었던 나의 권리는 사실 그렇지 않았다. 또한 세상을 살아갈 능력이 퇴화되지 않았다는 사실에 감사하며 그전과는 다른 태도로 인생을 대하게 되었다. 그렇다. 휴혼은 살아 펄떡이는 생존이다.

어쩌면 휴혼은 당신을 조연에서 주연은커녕 이방인으로 만들지 모른다. 그럼에도 나는 권한다. 언젠가 당신이 휴혼이라는 여행을 하러 뚜벅뚜벅 걸어오기를. 여행이란 돌아오기 위해 떠나는 것이라 하지 않던가.

요즘 우리의 휴혼은 내가 상상하던 모습대로 되어간다. 시부모님과의 교류 시간이 좀 더 길어졌고, 이런저런 반찬과 김치를 얻어 온다. '남편 집'에서 간단한 식사도 했다. 구정, 아이와 부산에 내려가는 내게 남편은 조심히 다녀오라며 메시지에 '하트'를 찍어 보냈다. 술에 취했는지, 실수였는지 모르겠지만 너무나 어색해서 실소가 터져 나올 정도였다. 부끄럽다는 이모티콘 하나 찍어 보냈다.

우리 가족의 단골 여행지 당진을 '세 가족'이 근 8개월 만에 찾았다. 책이 나온다는 소식을 친구를 통해 들었다며 지분도 안 주면서 왜 자꾸 본인 이야기를 쓰느냐 남편은 웃었다. 최근 들었던 음악을 서로 공유하며 가만 듣기도 했다. 춘천으로 훌쩍 떠나고 싶다는 남편 말을 기억해둔다. 소주 여섯 병을 나눠 마시며 '잘' 놀았다. 1박 2일을 보내고 나의 집으로 돌아와서

바닷바람 가득 배인 빨래를 돌린다. 잠시 후 남편에게서
메시지가 왔다. "똑같애." 아이와 내가 같은 포즈로 자고 있는
사진이다. 풋, 웃었다. 우리는 2주 후 여행을 또 갔다.

　오랜만에 하늘이 맑은 5월의 일요일, 아이와 둘이서 공원으로
나갔다. 잔디에 돗자리 깔아놓고 한가로이 햇살을 즐기다가 오후
6시 넘어서야 자리를 정리했다. 뒤늦게 휴대폰을 보는데 남편
메시지가 와 있다. 나는 그 메시지를, 아니 그 너머 남편을 한참
응시했다.

잊고 있었네.

당신 처음 만난 날, 내가 당신을 내 인생으로 끌어들였었네.

당신은 똑같이 당신 삶에 있었는데…….

미안하고 고마워.

　우리의 휴혼, 안개 속 실루엣처럼 어슴푸레 드러날 그 윤곽을
추측해본다. 일에 욕심이 생겼기 때문에 당분간 기러기 엄마
생활은 유지하고픈 게 내 욕심이다. 다만, 주말에 돌아가는 곳이

'내 집'이 아닌 '우리 집'이 된다면 글쎄, 아이를 위해서라도 좀 더 나은 형태인 것도 같다. 어쨌거나 지금 나는 휴혼 여정에 조금 더 게으름을 피우고 싶다.

나는 지금 휴혼 중입니다

헤어지지 않기 위해 따로 살기로 한 우리

1판 1쇄 인쇄 2018년 5월 18일
1판 1쇄 발행 2018년 5월 25일

지은이 · 박시현
펴낸이 · 주연선

총괄이사 · 이신희
책임편집 · 윤이든
편집 · 심하은 백다흠 강건모 이경란 최민유 양석한 김서해
디자인 · 이지선 권예진 한기쁨
마케팅 · 장병수 최수현 김다은 이한솔
관리 · 김두만 유효정 신민영

(주)은행나무
04035 서울특별시 마포구 양화로11길 54
전화 · 02)3143-0651~3 | 팩스 · 02)3143-0654
신고번호 · 제 1997-000168호(1997. 12. 12)
www.ehbook.co.kr
ehbook@ehbook.co.kr

잘못된 책은 바꿔드립니다.

ISBN 979-11-88810-21-5   03810